朱大可 著

大 桶

四川文艺出版社

图书在版编目（CIP）数据

大桶 / 朱大可著. — 成都：四川文艺出版社, 2022.10
ISBN 978-7-5411-6392-0

Ⅰ. ①大… Ⅱ. ①朱… Ⅲ. ①长篇小说－中国－当代
Ⅳ. ①I247.5

中国版本图书馆CIP数据核字（2022）第114909号

DATONG

大　桶

朱大可　著

出 品 人　张庆宁
责任编辑　周　轶
封面设计　叶　茂
内文设计　叶　茂
插　　图　李川李不川
责任校对　段　敏
责任印制　崔　娜

出版发行　四川文艺出版社（成都市锦江区三色路 238 号）
网　　址　www.scwys.com
电　　话　028-86361802（发行部）　028-86361781（编辑部）

排　　版　四川最近文化传播有限公司
印　　刷　成都东江印务有限公司
成品尺寸　130mm × 210mm　　开　　本　32 开
印　　张　8　　插页　6　　字　　数　145 千
版　　次　2022 年 10 月第一版　　印　　次　2022 年 10 月第一次印刷
书　　号　ISBN 978-7-5411-6392-0
定　　价　58.00 元

【人物表】

墨尔斯： 男，四十五岁，羽蛇神投放在尘世里的儿子，导灵师，药剂师，后入贵族阶层，升为长老。

安　吉： 女，十五岁，墨尔斯的女儿，波波卡的妹妹，墨尔斯羽蛇神本性的继承者，曾被奉为“死亡女神”。

波波卡： 男，十七岁，墨尔斯的儿子，安吉的哥哥，科学主义的代表，巫师传统的背叛者，渴望以技术方式逃离提佐克，寻求自由的乌托邦生活。

丹　娜： 女，四十岁，产科医生。墨尔斯的妻子，羽蛇神主管的生命事务（死亡反面）的尘世代表。

老豹子： 男，六十五岁，提佐克“采集者”阶层首领，波波卡的精神导师，丛林野性的象征。

巴　蒂： 女，十五岁，安吉的同学，波波卡的暗恋者，因母亲被霍皮处死，家庭从此陷入悲惨境地，她不愿就此沉沦，于是主动加入义军，成为信使。

洛伦佐十五世： 男，四十八岁，洛伦佐家族领袖，鼹鼠人的最高代表，率领整个家族长期生活于地下王国，负责提佐克永动机的管理和维护。

霍　皮： 男，三十二岁，提佐克城的羽蛇神祭司，以权谋、凶残、好色和贪婪著称。

【名词表】

提佐克： 位于中美洲雨林中的圆形城市，坐落在超级永动机上，其外圈能像时钟一样自旋。拥有数百年历史，信奉羽蛇神，跟外界基本隔绝。

羽蛇神： 提佐克人信奉的大主神，提佐克城的守护神，主司生命与诞生，是该城居民的精神支柱。

永动机： 提佐克城的科技核心，其技术来源不详。由洛伦佐家族管理，其真正结构隐藏于地下，至今无人知晓。1963年在墨西哥《环球报》（*El Universal*）评出的"美洲十大悬疑建筑"中，名列第一。

导灵师： 一种专门为临终者进行灵魂导引的职业。灵魂导引是提佐克城最重要的精神事务之一，因为它代表了羽蛇神对生命的关怀。

大祭司： 提佐克的管理层是政教合一结构，祭司群体专门负责羽蛇神的祭拜事务，以及相关神学上的研究、阐释与传播。大祭司是这个群体的领袖，具有至高无上的权力。

长老会： 由贵族阶层构成，以投票方式决定提佐克的重大事务，但结构脆弱，只能在祭司们的挤压下苟延残喘。

目 录

第一章　提佐克传奇

建在永动机上的城市 *003.*

墨尔斯的少年旧事 *006.*

古怪的“大桶”及其居民 *010.*

羽蛇神和大祭司霍皮 *015.*

采集者“老豹子” *019.*

药剂师的艳遇 *022.*

第二章　火刑架上的少女

不祥的预兆 *029.*

灵魂是这样被导引的 *036.*

霍皮的秘密世界 *039.*

飞行器实验引发的风波 *043.*

安吉大祸临头 *051.*

火刑与献祭 *058.*

洛伦佐十五世及其秘密家族 065.
神庙里的女囚 072.

第三章 死亡女神崛起
霍皮与安吉的“神交” 081.
墨尔斯首次遇刺 087.
霍皮的女密探们 093.
逃亡还是改变，这是一个问题 097.
第二次未遂刺杀 102.
女神祭拜时刻 107.
墨尔斯长老诞生记 112.

第四章 墨尔斯之战
大祭司的惧怕 119.
洛伦佐十五世的梦想 125.
老豹子和他的女人们 128.
团聚时分 131.
霍皮的床帏秘密 135.
女神与霍皮的那件事儿 139.
实验室风波 142.
丹娜的记忆 146.
热带雨林里的秘密 148.
巴蒂的牢房 151.

第五章　夺女杀妻之仇

波波卡的“夜鹭计划”　*157.*

长老会惊变　*161.*

丹娜火中涅槃　*166.*

霍皮的谎言　*170.*

波波卡用计　*173.*

老豹子的图谋　*176.*

洛伦佐家族现身　*180.*

洛伦佐十五世和他的十二个妻子　*186.*

父与子的最后对话　*189.*

第六章　胜利与出走

发狂的黑曜石宝刀　*195.*

洛伦佐家族的时空转向　*202.*

巴蒂，巴蒂　*205.*

波波卡营救安吉　*208.*

女神向民众发表演说　*217.*

特诺奇兄妹走了　*224.*

尾　声　*232.*

自　跋　*246.*

第一章

提佐克传奇

建在永动机上的城市

波波卡的回忆笔记

（1790年11月21日，大桶第七层，墨尔斯家）

我是波波卡·特诺奇，导灵师墨尔斯·特诺奇和助产师丹娜的儿子，羽蛇女神安吉·特诺奇的兄长，来自提佐克城——这个被羽蛇神眷顾的地方，在成年礼后的第三年，也就是大祭司统治被推翻的那年，我跟妹妹一起离开了故乡。

我曾经居住过的城市提佐克，位于中美洲热带雨林中的开阔地上，由一个六角形建筑和一个环形建筑“大桶”组成。跟阿兹特克人的城市相比，提佐克具有更先进的文明特征。据《提佐克奥义书》记载，环形建筑依靠永动机产生旋转动力，这意味着整座城市就坐落在一个巨大的圆盘上，犹如置于石磨上的超级手镯。在玛雅祭司的帮助下，它依靠精密的天文测算，每年转动三百六十度，由此保障每个家庭可以平均获得阳光。它可能是世上独一无二的大地时钟。但由于转速过慢，绝大多数居民无法直接感知到它的运动。

永动机位于城市的心脏部位，埋于二百肘[①]深的地底。它是一个综合利用地心引力、重力、磁力、地下水冲力和光能的混合机械系统，由巨石圆盘、青铜齿轮、硬玉和石英石构件、陶瓷管道，还有某些无法描述的物件组成，此外还有大小不一的石室及网状通道。毫无疑问，这是一座无与伦比的地下建筑，它的复杂程度，远超希腊克里特岛的米诺斯迷宫。不过只有极少数人知道它的存在，更无人能破解它的运行原理。《提佐克奥义书》宣称，伟大的羽蛇神亲自设计和制造了永动机，又以自己的强大能量推动其运转，这不仅保障了城市居民阳光分配的机会均等，更以一年转一圈的方式，提供了计算寿命的简洁方式。假如你的寿命只有五十年，那么当城市转到第五十圈时，羽蛇神就会把你交给死神，让它带往深不可测的九层冥界，抑或被他本人带向多达十三层的高远天堂。

一个叫作洛伦佐的神秘家族，负责维护那些机械传动装置，以确保其运转不会出现故障。但在很长时间

---

① 一种提佐克长度单位，每肘约等于45厘米。

里，这似乎只是某种迷人的传说，因为在我之前，只有两三个提佐克人见过这个家族的成员。那些试图闯入密道的冒险分子，都会在其间迷失，并因饥饿和绝望而死去。在提佐克城邦史上，至少有一百二十八名探秘者死于这座迷宫，他们的头骨被人镶嵌在永动机迷宫的入口。后者位于广场某座神像下的地道里，并附有一块青铜铸造的镀金铭牌，上面刻有一行令人毛骨悚然的文字——“众神引导你走向死亡”。这个警告足以令所有“游客”望而却步。

墨尔斯的少年旧事

波波卡的回忆笔记

（1790年11月23日，大桶第七层，墨尔斯家）

我不知究竟该如何讲述我们家族的历史。如果要追溯来源，就必须提到我的父亲，他自称来自另一个星球，当然，它既非火星，也不是土星，而是大地上的“冥王星”，名字叫作蒂特兰城。这座城市如今已被一种叫作“天花”的瘟疫所吞噬，从地球上彻底消失了。透过父亲的回忆能够发现，他对那座城市的恐惧和厌恶，到了无以复加的程度。

父亲的诞生本身就是一个传奇。他是无父无母的孤儿，刚出生就被人放进木盆，任其在河水里漂流，也不知漂了多久多远。一位下游的渔夫在月光下打鱼，发现了木盆里的婴儿，就带回家去抚养，但没人知道他的真正来历。据渔夫对旁人说，当时木盆里只有两件东西：父亲本人，以及一把精致的黑曜石短剑。由于没有奶水，父亲骨瘦如柴，却目光炯炯，一声不哭。短剑就放在他身旁，白玉刀柄上镶着正反各七颗小绿松石，而在黑亮的刀背上，刻有一个类似“ƨ”的符号，那是羽蛇神的专用符号，“ƨ”代表羽蛇的身躯，而“=”代表它的一对羽翼。

十五岁那年，严格说是被渔夫发现的第十五个年头，父亲过了一个热闹的成年礼，但他却不知这是生命大转折的时刻。渔夫的亲友们前来祝福，敲击木鼓，吹起彩色陶笛，在月光晚会上载歌载舞，远近的邻居也受到狂欢的感染，打开窗户，一起高声吟唱，声音传遍了整座城市。但在午夜时分，突然发生了月食，黑色的暗影吞没大半个月亮，天空呈现为暗红的血色，上千只流浪猫汇集到派对的现场，对着月亮和父亲，发出婴儿般凄厉的叫声，如泣如诉。全城的人都惊恐起来，仿佛见证了世界末日。就在当夜，一些蒂特兰居民纷纷在家里无端死去，犹如被人施加了恶毒的咒语。

各种谣言从第二天开始在城里盛传，其中大部分谣言指向我的父亲，说他是死神化身，代表了黑暗、死亡和腐败的力量，并假借生日仪式，对城中居民执行死亡魔法，必须立即处死，否则将后患无穷。祭司团为此也非常恐惧，宣称他是蒂特兰城的敌人，但他们担心得罪羽蛇神，所以只能派士兵将父亲逐出城市，抛弃在荆棘丛生的荒野。祭司团的代表头戴狰狞的皮制野兽面具，向他发出最后的警告："你必须远离我们，而且永世不得回来，否则你和你的家族（如果有的话）都将被处死。"

父亲表情悲哀，垂下头颅，顺从地接受了被放逐的判决。从此，他开始在荒野与密林之间流浪，靠狩猎和采集植物为生，学会辨认各种危险的动物和有用的植物。三年后的一个夏日，在卡丘谷地的热带雨林里，父亲遇见一只体形硕大的雄性美洲豹，它正处于发情状态，跟踪他已有三天之久，紧随不弃。就在那个闷热的黄昏，它向猎物发动了袭击。它腾空而起，居高临下地朝父亲扑去，像是要去占有一头迷人的母豹。父亲奋力反抗，左腿不慎被利爪扫过，鲜血如注，但他没有退却，拔出黑曜石短剑，屹立于枝繁叶茂的号角树下，威风凛凛，犹如一位年轻的天神。美洲豹吓得连连倒退，发出乞怜般的低鸣。

就在这时，隐藏于丛林的提佐克勇士突然出手相救，把利箭射进了美洲豹的前额。这是一个相貌奇特的尤卡坦族人，身上长有密集的圆形斑纹，所以拥有"老豹子"的绰号。他是"采集者"的首领，热衷于行侠仗义，在群体中具有崇高的威望。老豹子跟踪这头斑纹华丽的公豹，耗费了整整一天时间，最终趁它忙于狩猎之际，出手将其杀死。老豹子后来对我说，那头大猫行为有些古怪，完全沉迷于自己的猎物，对身后的危险置若罔闻，就跟中了邪似的，这给了他下手的良机。

“小墨尔斯才是真正的魔法师，他跟我遇到的所有人都大不相同。”老豹子神秘地一笑，洁白的牙齿在阳光下闪闪发亮。

救下父亲之后，老豹子用咒语和巫药帮他止血并包扎伤口，把他带往“提佐克”—— 一座从石头里爬出来的城市，替他申请永久居住的权利。管理阶层经过严格审查，接纳了这位与豹肉搏的勇敢少年。他就这样在老豹子照看下成长，成为采集者军团中最年轻的成员。不仅如此，他还刻苦学习医术、药学和导灵术，通过一系列严苛的测试，跻身药剂师和导灵师的荣耀行列。

古怪的“大桶”及其居民

1789年10月

提佐克城，大桶

提佐克城的环形建筑，外观犹如一顶圆形冠冕，所以它有个官方名字“提佐克冠”，但提佐克人却习惯称其“大桶”，因为它看起来更像一只超级圆桶。它的外缘，相当于人们通常所说的那种城墙，以厚重的玄武岩石块垒成，坚固而高大，根本无法从外部摧毁。它的脚下曾经有过一道深阔的水沟，底部插满密集而锋利的铁钎，入侵者一旦掉入，就会穿肠破肚，一命呜呼。许多年前，一支强大的阿兹特克军团发现了它的存在，于是运土填平水沟，企图将其攻占，但因缺乏火药、云梯和投石机，三个月后无功而退，留下堆积如山的尸体，以及精美的黑曜石兵器，后者大幅提升了提佐克的军事等级。

基于对不可知的外部世界的恐惧，没人愿意走出这座戒备森严的圆形城市，天长日久之后，它便成了一个坚固的闭环。诡异的是，提佐克城有一个镶着坚硬的金属面板的大门，附有精美的纹饰，朝着南十字星方向堂而皇之地开放，上端还煞有介事地安装了提升门板的粗大支架及铰链。但阿兹特克人直到攻打城池时才愤怒地发现，这其实是一座无门的城市。他们所见到的城门，不过是个欺骗性的装饰，在门的背后，是令人绝望的岩石。大桶的唯一通道，是两座由绞车和悬索构成的大型升降机，分布于它的内外两侧，用以搭载马车和大宗货物，由一队士兵严密看管，仅供采集者干活时出入。

大桶既是城墙，也是兵营化的居所，里面住着三万五千个居民。它的内侧有一条环形长廊，是阶层内部的公共平台，供居民在此散步和传播绯闻。一到五层住宅的外侧，是密封和无窗的厚墙，根本无法观看城外的风景，但内侧朝走廊方向，却打造了足够多的门窗，居民只要站在自家房内，就能透过开启的门窗，观察到位于环形结构上大多数住户，并远眺中央高塔及六角大楼。

唯有第六、七两层建筑，是一个设计上的特例，它拥有朝外缘打开的“箭窗”，只是由于面积狭小，而且四边受厚墙阻挡，以致看风景的视野过于局促，犹如管中窥豹。当然它的名称还意味着，一旦进入战争状态，便能迅速转为箭垛，供士兵防守之用。不过有一点可以确定，这两层的居民身居高位，并不具备射箭和作战的技能，但他们掌握了眺望外部文明的权力，他们不仅精通提佐克文字，而且懂得阿兹特克、玛雅、西班牙和丘克亚文。当然，为了捍卫提佐克的等级制度，这些知识和技能必须加以垄断。

在墨尔斯留下的《提佐克奥义书》里，有一段关于大桶居民结构的简要描述：

> 七层：主宰者，提佐克的最高统治者，由大祭司、助理祭司、总督、长老院长老和生育官构成；
>
> 六层：创造者，由教师、医生、工程师、艺术家、导灵师和神学家构成；
>
> 五层：护卫者，由法官、警察、士兵、狱卒和刽子手构成；
>
> 四层：采集者，拥有出城采集必要物资的特权，其中一千人专门负责采集黄金、绿宝石、祖母绿、绿松石和欧泊，为提佐克城提供核心财富；
>
> 三层：制造者，由技工、花匠、农夫、铁匠、手工艺人、磨坊主、商人和店主等构成；
>
> 二层：清理者，处于提佐克社会的最下层，从事垃圾搬运、粪便收集、理发、洗浴、保姆、轿夫和尸体掩埋之类的工作；

底层：仓库和畜棚，用来放置采集者获取的食物和日常用品，并由清理者畜养马、猪和鸡、鸭之类的家畜家禽。

根据提佐克法律，不同层级之间有严格界限，不得随便逾越。曾经，一位第三层“制造者”的孩子，由于顽皮，无意中跑上通往第四层的楼梯。他的母亲惊恐地把他抱下来，当场用带刺的龙舌兰叶条狠揍了一顿。男孩痛得哇哇大哭——他受到人生中第一次关于阶层隔离的严厉教训。男孩名叫莫特祖玛，是一名世袭石匠，后来成了制造者阶层的领袖，负责组织生产和加工居民所需的物质产品。家庭暴力是提佐克人成长的必经之路。在他们长大之后，还要面对更加严厉的宗教和行政暴力。莫特祖玛的例子足以证明，没有这种贯穿早期教育的暴力惩戒，就没有受暴者的美妙前程。

大桶楼顶上的天台，是一条宽阔的大道，除了升降机附近建有两座低矮的仓库，几乎一览无余。内外圈都建有箭垛，但由于很久都没有发生过战争，箭垛上已经爬满厚厚一层青苔。每天都有二十四名巡兵在上面轮班巡逻，透过箭垛，密切注视提佐克城内外的动静，以便及时发现入侵者和造反者的踪迹。没人能轻易摆脱这些巡兵的视线。天黑以后，巡兵们便开始点亮提灯，每隔一个时辰，就用黑曜石短剑击打皮质盾牌和盔甲，报告时间的进度，听起来如同发闷的鼓声，跟各家各户的沙漏钟遥相呼应。它同时也是一种针对居民的警告：我们就在这里，我们正在盯着你的一举一动！

作为第六层居民，借助大桶的自我旋转，墨尔斯家的全体成员，都能透过箭窗，缓慢地观察到四周热带雨林的全景。它在日光和雨水的混合作用下，散发出白色的雾气，笼罩住整个天地，仿佛是一道厚重的屏障。提佐克本身也沐浴于浓雾之中。森林和城市在彼此眺望，但它们都无法摸清对方的底细。在这两个阵营之间，有一片幅员辽阔的墓地，里面埋葬着所有已故的提佐克人。他们的幽灵如同气泡，从大地的缝隙里冒出来，拼命想回到城里，但高耸的大桶墙体阻拦了它们。在大多数情况下，它们只能绕着大桶根部飞行，树叶般堆积在墙脚，等待被潮湿的岁月腐蚀，或被干燥的热风吹到更遥远的地方。

羽蛇神和大祭司霍皮

1789年10月30日

提佐克城，礼拜塔

跟阿兹特克和玛雅人不同，羽蛇神是提佐克居民信仰的最高神和唯一神。据《提佐克奥义书》记载，他来自大洋对岸一个叫“YIN”的地方，提佐克人称其为“YINDI”，也就是“殷地”的意思。远征者哥伦布把这个发音跟南亚的“印度”相混，制造了一场历时数百年的地理学谬误。

羽蛇神掌握着支配万物生长的巨大能量，同时也能够决定其生命的终止，那就是死亡。羽蛇神总是出现在人类生命的两端——诞生和死亡。他的形象是一条露出尖牙的巨蛇，身上长有巨大的羽翼。但有时他也以人的形貌现世，看起来像一位头戴羽毛冠的大将军，而带翼的巨蛇则成了他的坐骑，后者也许是羽蛇神和攸侯喜的复合造型。这种人形羽蛇神有三幅亚麻布画像摹本，分别被大祭司、首席长老和士兵长所秘藏，成了宗教权力的重要标志。

这种刻意将羽蛇神跟死亡相联系的神学，令提佐克城遭到整个中美洲的孤立。而出于自我保护的本能，提佐克城只能拒绝跟外界交往，由此陷入永恒自闭的状态，随后它就被外部世界逐渐遗忘。在西班牙人绘制的美洲地图上，提佐克隐匿于广阔的热带雨林之中，成了一个不曾存在的虚空。

就在提佐克城中央地带，坐落着一座玄武岩尖塔——礼拜塔，它高达一百多肘，是整个城邦的精神轴心，由上而下分为瞭望台、大钟室、神庙，以及盘旋的狭窄木梯。礼拜塔外围，则是六座彼此连接的矩形建筑，分别属于寺院、市政厅、士兵、医院、学校和图书馆。它们形成一个中央矩阵，跟居民的环形住所“大桶”遥相呼应，被称为“六角大楼”。

大祭司霍皮喜欢站在塔顶的瞭望台上，用意大利制造的单筒望远镜，环视整座圆形城市，观察全体居民的日常动向，这或许是他毕生的最大乐趣。由于被永动机带动，环状住宅楼在缓慢旋转，如同那些天上的神圣星辰。这意味着只要霍皮有足够耐心站着不动，无须扭头，就能观察到每个家庭的状况，因为它们总是会自动转到他视线的正前方来。在瞭望塔和旋转中的居民楼“大桶”之间，形成彼此窥视的效应，而这正是提佐克城的初始逻辑：没有隐私，完全敞亮。据说这种结构是城市民主的底牌。

高塔的第二层，是中美洲最大的报时大钟，也是永动机在地表上自我炫示的唯一标记，它采用精密的擒纵机构，每日八次报时，从敲一下到敲八下，不断循环往复，钟声洪亮而又悠长，在提佐克城的上空回荡，经久不息。它的声音如同棉丝，渗入所有孔窍和缝隙，让城邦的每个生物都感到震撼。

在羽蛇神的年度祭奠日里，大钟每隔一个时辰就会敲打十二次，犹如羽蛇神缓慢逼近的脚步。就在钟声回荡之际，提佐克城会突然变得静谧起来，所有居民都放下手中的一切，朝着礼拜塔上的神庙祷告，祈求获得来自羽蛇神的死亡赦免。有时，大祭司会在两次钟声的间歇中发表讲话，用以塑造至高无上的神权威仪。

此刻，他站到提佐克唯一的“灵魂机器”面前，深吸一口气，准备着自己的腹稿。跟永动机一样，这台机器也是羽蛇神的馈赠，尽管规模缩小很多，但构造同样错综复杂，由一大堆水晶瓶、陶瓷管、玻璃表盘、石墨转盘、青铜喇叭、青铜齿轮、发条系统和铅皮管道构成，是大祭司发表演说的主要工具。它能把声音放大无数倍，传递到六角大楼和大桶的每个角落，不仅如此，它制造的神秘频率，可以持续控制人的脑波，而且经年不息，就像时间的回声。

“提佐克的居民们，你们有危险了！”

通常，他喜欢用这种煽动性的语词作为演讲的开端，而后才开始一场冗长的洗脑式布道。他的语调抑扬顿挫，嗓音浑圆而富有磁性，通过复杂的铅皮管道，响彻提佐克的每个角落。许多提佐克女人都暗恋这位年仅三十二岁的最高权力者，据说在听他演讲时，她们经常会达到性高潮，脸色潮红，浑身战栗，发出无限欢愉的尖叫。正是这些狂热的异性膜拜者，支撑着霍皮的强硬统治。他神色坚定地站立在瞭望台上，头戴翡翠面具，说出迷人的承诺和可怕的恫吓，而人民在四周尽情地高呼“万岁”。

在大桶的第六层，站着一位丰乳肥臀的女人，此刻她正无限痴迷地遥望自己的领袖。她叫玛琳洁，一个以替贵族画肖像为生的画师，也是霍皮的众多性奴中的一位。她的手紧抓栏杆，尖锐而持续地叫喊着，如同来自床帏里的呻吟，而声音居然越过众人，成为引领整个合唱的高峰。从她的眼睛和下身，涌出了比宗教更加宗教的液体。在潮水般的愉悦中，她的身躯正在跟失重的灵魂一起，飘上广袤而神圣的天空。

采集者“老豹子”

波波卡的回忆笔记

（1793年9月26日，热带雨林里的秘密营地）

提佐克城邦没有自己的耕地，始终处于物资匮缺的状态，因而一切须从外部输血，并实施严格的等级配给制度。由于这个缘故，采集者阶层在提佐克具有特殊地位。他们是技艺高超的武士，也是唯一获得出城许可的群体，他们在广袤的雨林里种植玉米、土豆、甘薯、棉花和亚麻，采集野生可可、香蕉、芝麻、剑麻、珍禽异兽的皮毛骨骼、天然药材以及稀有的宝石，有时也会冒险走出森林，跟尤卡坦玛雅人或阿兹特克人进行走私贸易，用手工艺品换回烟叶、辣椒和用以榨油的向日葵籽。采集者满足了提佐克城邦的基本物质需求。但这项工作极其危险，需要面对各种令人生畏的事物，从洪水、火灾、野兽、毒虫到坏人。每天都有采集者不幸丧命。基于对羽蛇神的信念，他们中的绝大多数人，从未背叛过自己的职业。他们是无畏的战士，艰辛地维系着提佐克的生命线。

我是母亲和老豹子的共同宠物。父亲曾经效仿阿兹特克人，用龙舌兰叶条抽打我的手臂，说是要锻炼我的男人意志。我号啕大哭，但从不求饶。终生保持单身的老豹子，却对我的这种顽固的德性无比赏识，把我视为自己的养子。在没有出城采集的日子，他就带我在身边，教我各种生活技能，而出城归来时，又偷着替我带回各种新奇的违禁品，诸如打火石、磁铁、火柴、彩色玻璃片、八音盒、望远镜、放大镜、万花筒和航海地图，还有一些西班牙图书，上面印有制造水车和飞行器的图样。老豹子无疑是我最好的启蒙老师，趴在他厚实的肩上，我意外窥见了世界的美妙风景。

我的童年时光跟其他小孩截然不同。我没有收集女孩小胸衣的癖好，也没有那种藏在枕头下的青涩爱情，甚至没有偷吸烟草、打群架、捕捉麻雀和在邻居门上涂鸦的经验。我从不跟同龄小孩鬼混，哪怕再大几岁的也不放在眼里。除了妹妹安吉，我一般只跟成人交往。我选择了更加沉重而坚硬的品种。

不过话又说回来，跟没有笑声的父亲相比，我跟老豹子之间，有着一种更深的忘年交情。年幼时，我还喜欢细数老豹子身上的圆形斑点，因为它们会随着情绪的变化而增减，显得神秘莫测。老豹子生气时，斑纹就大量增生，颜色加深，遍布整个后背，直至手臂；而当他放声大笑时，圆斑就变得稀淡起来，向下退缩到腰部一带。但这些善于变化的斑纹，只是老豹子神性的一部分。他不但具有豹子的敏捷和力量，还会表演其他各种魔法，像吞吐烟圈、隐身、说腹语、转移物体、闻出几里地外的生物气味，以及用咒语止血和治病等。他扔出的四粒玉米骰子，黑色的一面总是能同时朝上。每次我都被他弄得五迷三道。毫无疑问，除了父亲，他是提佐克最具传奇色彩的人物。

药剂师的艳遇

波波卡的回忆笔记

（1793年9月26日，热带雨林里的秘密营地）

父亲三十二岁时，护送一位被香蕉塔兰图拉毒蛛蜇伤的采集者去医院就诊，在走廊上遇到我母亲丹娜。当时她身穿浅色布裙，前胸和耳垂挂绿松石首饰，腰带上佩戴左右两条黄色流苏，面如皎洁的月亮，袅袅地沿着走廊而来。父亲事后回忆说，他当时就怔住了，呆呆地站在原地，眼望丹娜，犹如一尊木偶。丹娜朝他莞尔，擦肩而过，空气中残留着凡尼拉香草的浓郁芬芳。

父亲魂不守舍了七天七夜，终于再次前往医院，手持一枝妖娆的红唇花，开口向我母亲求爱。

“我要娶你为妻！”他说得直截了当，言辞僵硬，但表情痴迷。

我母亲咬着下唇，脸羞得绯红，面朝陌生的英俊青年，眼里放出无限欢喜的光芒。

老豹子后来充满妒意地对我说：“当初，他们可是一见钟情啊！”

但外祖父对此坚决不允。这是两个截然不同的阶层。丹娜是助产师，属于第六等级，而父亲位于第三等级，他们之间相差三个等级，地位如此悬殊，几乎有天壤之别。老豹子虽然暗恋母亲，却还是决计玉成她的恋情，于是出手改变这种状态，用几颗硕大的祖母绿向长老会行贿，以擅长草药和年轻有为的理由，把父亲越级提拔到第六层，身兼药剂师和导灵师两种职务，最终大度地成全了他们的婚事。而作为创造者的父亲与母亲，也不是什么省油的灯，他们不愿辜负老豹子的努力，很快就创造出两件最重要的作品，一件是我本人，另一件是我妹妹。

作为著名的产科医生，母亲拥有纯粹的提佐克血统。她的创造者身份，经历了十几代世袭，构成完美的家族谱系。尽管外祖父和外祖母眼下都已去世，但他们的血脉，为母亲勾勒出一个地位崇高的边框。她是天生的助产师，她对孕妇和婴儿的呵护，到了无以复加的程度，这情感如同不会褪色的矿物颜料，描绘了她在提佐克的鲜艳形象。她的爱心与品德举世无双。但她最钟情的还是父亲，她在病房里指挥若定，而在他面前却温存得如同小猫，而且历经漫长的岁月，没有丝毫改变的迹象。

表情严峻的父亲，每次看见母亲，眼神就会变得柔和起来。她是主管生命的仙女，却嫁给了身负死神代言人名头的男人，这难道不是一种世上最奇特的组合？父亲是格言大师，他曾经说过，人的一生有两件最要紧的事情，一件是诞生，另一件是死亡。父亲和母亲，刚好分管了这两种要务。

我跟妹妹安吉·特诺奇的关系，也有些与众不同。我始终认为，假如她不是我的妹妹，那就一定是我的初恋情人。她比我小两岁，完全继承了母亲的品性，跟她一样美丽、温存和柔顺，很少违拗长者的意愿，甚至对我的粗暴言辞都毫无怨言。她明眸皓齿，眼神无邪，从早到晚都在微笑，仿佛这笑意就凝固在她的脸上，就连睡觉时都不曾消失。如此奇妙的女人，提佐克只有两位，而且都出现在我家。我时常会扪心自问：这究竟是一种神赐的造化，还是一种引火上身的祸端？

父亲是药剂师和野外药物采集者的指导者，负责向采集者开列有关森林动植物的采集清单，并在送回药物时清点他们的战绩。由于老豹子的额外照顾，提佐克医院的库房得以堆满各种优质药品，从鼠尾草、可拉果、银合欢树叶、月桂树皮、犰狳的甲片、黄金箭毒蛙和棕榈蝮蛇的提取液、美洲虎的爪子与粪便、貘的肝脏与肠子、负鼠的门齿和尾巴，到僧帽水母和眼球贝的肉干，应有尽有。父亲亲手制定分类标准，按神学逻辑建构提佐克药学的精密体系，并跟那些医生密切合作，治愈了大量提佐克病人。

我喜欢父亲的药物实验室，因为其间充满各种新奇的事物。它成了我童年时节的主要课堂和花园。父亲是天生的炼金术士，利用采集者获得的烧杯和坩埚，进行各种药物的配伍实验。最近的一次，我亲眼见他朝彩陶坩埚里投放五叶参、淡巴菰和鳄梨，还有一些不知名的蕨类植物，以及一对正在交尾的蜥蜴，然后用大火熬制，最后加上一桶野生仙人掌蜜。那天恰逢他兴致正浓，所以就跟我解释说，他正在炼制世上最厉害的驻颜药，专为母亲大人而备。当我追问母亲为什么需要驻颜时，他没有回答，只是诡秘地一笑，把目光转向了别处。

是的，父亲身上藏着无数秘密。他眼神犀利，周身散发出难以言说的神秘气质，然而除了救命恩人老豹子，他身边几乎没有什么亲密的朋友。同事、熟人、邻居、死者家属，所有这些人的轨迹都只能跟他相交，却无法实现合并，顶多是些短暂的重叠，然后又弹开、脱离，各奔东西。但他对此似乎并不在乎，他只关心肉身以外的事物。

但跟药剂师的身份相比，导灵师才是父亲最重要的身份。提佐克城拥有八名导灵师，他们必须倾听病患者的临终遗言，并向他们描绘冥界的基本状况，帮助其灵魂平静地离去。父亲当然是其中最杰出的一位，他的价值甚至超过了祭司。凡是经他引导的濒死者，都会喜悦地奔赴死亡，从未有过任何意外。这真是一个令人惊讶的事实。包括母亲在内的所有人，都对此深感迷惑。很久以后，我才真正懂得其中的奥秘。

第二章

火刑架上的少女

不祥的预兆

1789年10月30日

提佐克城，墨尔斯家——医院产房——药剂实验室

墨尔斯站在窗前，听着晨钟在远处敲响，心思重重地看了一会儿城中的风景，然后回到桌边，跟丹娜一起吃完鸡蛋玉米饼早餐。墨尔斯问，今天你忙吗？丹娜说，今天会有七个小宝宝降生。墨尔斯说，我要给六位濒死者送终。丹娜说，那还少了一个。墨尔斯皱了皱眉头说，也许晚上还会有一个，大约是被发狂的马车碾死的，他的模样看起来会有点可怕。丹娜叹了口气，没再发表什么意见。

此刻，儿子波波卡和女儿安吉还在各自的房间里睡觉。墨尔斯和丹娜一同走出家门，跟管理人“红鼻子”打了招呼，一步登上了水车。但今天水车的运转有些不稳，能够感觉到它在微颤。墨尔斯说："这东西太老，该修修了。"丹娜笑了笑，温存地看了一眼丈夫。一起上水车的还有几名邻居，墨尔斯认出其中的两位，其中之一是波波卡的同学巴蒂，另一位是她的母亲玛琳洁，身穿艳丽的低领袍子，乳房硕大，犹如一对随时都会滚落在地的肉球，脖子上挂着模仿宝石的彩色玻璃珠项链，跟她女儿的清纯模样形成鲜明的对比。她以夸张的声调跟他俩打招呼，热情地赞美天气，就跟赞美神祇似的，全身上下都散发出虚假的气息。

住在大桶里的每个阶层，各有自身的专用楼梯，这种设计旨在限制各层之间的往来。最高两层居民的上下出入，还可使用专用的木质水梯，它跟采集者的铰链式升降机不同，是一种以水流为动力的装置，看起来就像巨大的水车，性能更加安全可靠。坐上椅子之后，司机就扳动操纵杆，让它缓慢旋转，把贵人送达目标楼层，这种水梯共有四座，分别位于大圈的四个均分点上，显然是特权和荣誉的标记。

墨尔斯和丹娜下到地面，沿着鹅卵石铺就的大道行走，经过玉米神辛特奥特尔石像时，只见一大群乌鸦在抢夺食物，其中一只头上带有三个白斑的大乌鸦，突然飞来落在丹娜肩上。丹娜有点惊慌，以为它来者不善。墨尔斯赶紧挥了挥手，乌鸦便拍打着翅膀飞走了，顺便发出几声喑哑的叫声。

带白斑的乌鸦极其罕见，墨尔斯的神色顿时变得有些阴郁："这是不祥之兆，提佐克怕是要出什么大事。"

丹娜紧紧抓住墨尔斯的胳膊，像是要抓住一件坚固的盔甲。墨尔斯劝慰地拍了拍妻子的臂膀，跟她一起进了六角大楼。

丹娜来到六角大楼里的医院产房，发现已经有七个女人赤裸着躺在床上，弯曲两腿，被剧烈的疼痛纠缠，有的在低声呻吟，有的则大叫大嚷。丹娜挨个检查她们的状况，俯身跟她们低语，让她们迅速安静下来，然后给助产士们下达各种指示。分娩机器开始平稳地旋转起来，有的婴儿很快就顺利诞生，他们的啼哭此起彼伏，汇成一种嘹亮而悦耳的交响；有的产妇还在等待之中，但婴儿的哭声就是一种疗愈，令她们不再焦虑。丹娜忘却了乌鸦带来的不快，脸上涌起满含母爱的笑意。她点燃青铜圣灯，轻声哼着圣歌，以娴熟的手法，为每个婴儿擦拭身子，在圣灯和他们身上洒几滴龙舌兰酒，并说出动人的祝词。

墨尔斯坐在自己的药剂实验室里，显得有点心绪不宁。长老会下达的研制不死药的任务，他始终没有完成，因为这完全不符合神学的逻辑。在一个信仰羽蛇神的城市，不死药就是对羽蛇神的最大羞辱。但墨尔斯懒得跟长老会争论这种基本常识。他需要一个不可实现的使命，这样他就有理由永远待在实验室里，研制真正需要的药物。

在给助理药剂师布置完日常作业之后，他在椅子上陷入了沉思，没有听见从产房传出的歌唱。他知道，依照某种秘密的神圣律法，在婴儿诞生之后，就会有相应数字的濒死者在同一天死去，而他需要为此做好各种准备，其中包括用来减缓病人痛苦的药剂、驱散其身上臭气的熏香，以及那些导引亡灵正确上路的颂词。墨尔斯此前曾经导引过上千亡灵，但他却从未像今天这样焦虑过，仿佛有某种无名的危险正在逼近，而他对此却一头雾水。

多少年以来，墨尔斯从未在直觉上出过差错。他是一位隐秘的先知，能够准确感应未来的喜讯和危险。每天起床前的最后一个梦境，通常就是关于死亡的预告。今天早晨，他梦见一辆黑色的马车，由于马突然失疯狂奔，碾死了一位中年妇女。这类梦境通常跟他本人无关，却跟他的职业相连。因为他的责任，就是要为这类死者做最后的送别仪式。

但墨尔斯的另一类感应，却根植于自身的境遇。只要他的左耳发痒，就必定会有喜讯降临；要是右耳像被火焰烧灼一样剧痛，那就是大祸临头的预兆。从有记忆开始，他就受到这种秘密体感的支配，仿佛是来自神灵的馈赠。十五岁时在蒂特兰城被驱逐之前，他曾经剧痛过一次。就连丹娜都不知道他的这个秘密。从今天早晨起床开始，他的右耳就再度剧痛起来，犹如一朵火红色的烈焰，持续地燃烧在头部右侧，向他发出前所未有的警告。

墨尔斯强忍疼痛，打开1465年的提佐克语手抄本《提佐克奥义书》，从那些发黄发脆的羊皮纸上，寻找关于乌鸦的神训。在第三十二页上，出现了这样的描述：白斑乌鸦是一种不祥的动物，它的爪子和叫声会传递噩耗。但书上没有提供噩耗的属性、时间表和化解的方式。在相隔五页的章节里，又出现了另一段意味深长的记载：早在五百年以前，一位掌管热带雨林的黑羽蛇神就发出预言，宣布他的王位将由一位白羽蛇神接管，而这位白羽蛇神会骑着巨型乌鸦现身。墨尔斯以前读过这段文字。他重读奥义书的目的，是要确认这个说法的含义。因为他平生第一次见到这种乌鸦，而且它竟然落在妻子丹娜的肩上。墨尔斯试图辨认其中的真义，但脑子里仍然是一片茫然。

一位年轻的药剂师走来报告说，新药所需要的材料短缺了不少，库房里已经断货。墨尔斯心不在焉地挥挥手说，开一个清单，去找老豹子吧。药剂师说，老豹子出城已经一个多月，到今天都没有回来。墨尔斯又问，知道他什么时候回来吗？药剂师回答说，他们说了，大约还需要十多天时间。墨尔斯说，那好吧，这个实验先停一下。

药剂师接着又报告说，锁进柜子里的那罐毒药，不知被谁偷偷倒走了一半。墨尔斯知道那是老豹子的订货，一种剧烈的箭毒，用来杀死凶猛的丛林野兽。墨尔斯当时有点心不在焉，没有在意这件细枝末节的“小事”。但不久之后，他就要为这一疏忽付出沉重的代价。

药剂师走后，墨尔斯继续翻阅《提佐克奥义书》。在它的第七十八页上，再次出现了关于乌鸦的文字：白斑乌鸦是羽蛇神的信使，它的斑点通常出现在头部，三到六个不等，其中偶数代表吉兆，而奇数代表凶兆。这跟眼下在民间流行的玉米占卜法有点类似。在大多数情况下，这种乌鸦是隐身的，只有在必须向人世间展现征兆时，它才会突然现身，然后再次消失。

墨尔斯感到头痛欲裂，有一种强烈的虚弱感在全身蔓延。他此刻很想派人去叫来丹娜，跟她在实验室里做爱，因为每一次跟她做爱，他都会在高潮中获得新生感，仿佛婴儿从密闭的子宫里解脱而出，所有灵魂深处的苦痛都会烟消云散。丹娜则刚好相反，她会在高潮中进入濒死体验，灵魂飘浮在天花板上，沐浴于奇异的光晕之中，俯瞰着丈夫墨尔斯，他正在剧烈地摇晃她死去的肉身，试图把她唤醒。丹娜事后告诉他，每次做爱都是一次刻骨铭心的死亡。他俩在做爱中获得的狂欢体验，正好是生命的两个极点。是呀，已经很久没有做爱了，墨尔斯不无遗憾地想道，叹了口气，然后带着这个念头痛晕过去。

墨尔斯醒来时，头痛的症状已经基本消退，但他仍然感到困乏无力。眼下是提佐克第二时辰，做临终导灵的时刻已经到来，他勉强站起身，动作迟缓地换上红色法衣。这种衣物的布料，以寄生于仙人掌的胭脂虫分泌物染成，据说带有昆虫神塔坤的神奇魔力。他一手拿起用骷髅木雕成的羽蛇神权杖，一手握着填满混合香料的布囊，步履沉重地走向导灵室。长廊上有许多人向他脱帽致敬，但他都没有理睬。他在努力聚集精气，以便它能返回腹部，那里有个神秘的区域，住着三个灵魂中最重要的那个。

灵魂是这样被导引的

1789年10月30日

提佐克城，医院导灵室

导灵室位于医院的地下一层。它是一组光线暗淡的小房间，里面停放着濒死者或已经断气的尸体。墨尔斯像往常一样，依次走进那些小屋，跟那些临终者低声耳语，把香囊里的香粉撒在他们身上，屋子里顿时弥漫着夜来香、凡尼拉草、红柑橘和蓝桉油的混合香气。绝大多数临终者都会在这芬芳的耳语中微笑，然后带着这微笑离世，甚至那些刚死的尸体都会睁开眼睛，重新看上一眼墨尔斯，而后才欣慰地闭上眼睛。除了那些死者，没人知道这其中的原委，就连墨尔斯本人，都无法解释他所拥有的这种法力。

但在跟最后一位濒死者耳语时，出现了一个小小的意外。女病人突然握住墨尔斯的手，失声哭泣起来，嘴里讷讷地说："羽蛇神来了，羽蛇神来了！"她是一名技术精湛的织工，擅长用卡拉草、棉花、树叶和树皮做成高密度织物，却因肺气肿而不治。她开始亲吻墨尔斯的手，满含热泪，最后坐在床上，大喊了一声墨尔斯的名字，圆睁着双眼死去。病人的家属手忙脚乱地放倒她的尸体，替她合上眼皮，向墨尔斯致歉。墨尔斯也有点惊讶，但他很快就恢复了平静，反过来安慰死者的家属。他在女尸身上撒完最后一点香粉，举起权杖，在地上顿了三下，然后转身出屋。

墨尔斯感到身上涌起一阵难以抑制的燥热，他原本要回到实验室，却情不自禁地转向另一条走廊，朝着产房方向走去。此时，丹娜正在给助产士们做医学解释，蓦然回首，见丈夫正站在门口向她凝望，眼神温存，不禁回报以迷惘的微笑。墨尔斯很想跟丹娜说，"亲爱的来吧，让我们回家做爱吧"。但他犹豫了半天，还是忍住了这个冲动，勉强一笑，在妻子困惑的注视中转身走开。

墨尔斯来到实验室，仔细收拾好散落在桌上的药物，然后吩咐助理药剂师说，他身体有些不适，需要请假回家休息，要是有人在黄昏时分送来新尸，就请转给其他导灵者处置。他走出医院，冒雨步下台阶，不料遇见了首席大祭司霍皮。他身材高大，容貌英俊，束发带上镶满各种华丽的宝石，身穿带有鹰羽和金色纹饰的蓝色圣袍，走下一辆华丽的马车，在七八个侍卫的簇拥中迎面而来。墨尔斯俯首站立，朝对方行了一个大礼。

霍皮没有停下脚步，只是颔首笑道："这不是那位导灵者墨尔斯吗？昨天还在听说有关你的传闻。"

"哪里，大祭司才是提佐克城的主要话题。"墨尔斯神色谦恭。

"哈哈哈哈，彼此彼此……"霍皮披着带闪电纹饰的人皮斗篷，神色倨傲，大步迈上台阶，身后留下一串旁若无人的笑声。

霍皮的秘密世界

1789年10月30日

霍皮大本营

大祭司霍皮，据说是羽蛇神的使者，自称来自西方幽冥世界，代表地底最深处的闪电，深井下的闪电、峡谷深处的闪电、海沟里的闪电，以及所有出现在黑暗里的雷电。闪电不负责种植和生长，闪电只负责杀戮，清除那些违反神意的敌人，就像羽蛇神嘴里的尖牙。据说羽蛇神嘴里长有三百六十五枚刀锋般的牙齿，每一枚上都刻有一个仇敌的名字。霍皮代表羽蛇神的全部仇恨意志。在提佐克城，他就是电击、暴力、摧毁和死亡的可怕化身。

霍皮曾经豢养过两个性奴，一个是深棕色皮肤，一个是浅黄色皮肤，在她们身上文上深蓝色的闪电刺青，共有三对，分布于前胸、后背、胳膊和大腿两侧。他命人用玫瑰精油仔细滋润她们的肌肤，用美食养育她们的肉身，用俘虏中最英俊的男孩满足她们的情欲，直到她们被杀为止。在羽蛇神的重大祭日，霍皮亲手用黑曜石刀割下她们的乳房，剖腹取出子宫，把它们放在祭坛上，又砍下头颅，插在栅栏的尖刺上，向神做出最色情的献祭，并坚信神会喜欢他的礼物。在做完这一切后，他就命人剥下尸体的皮肤，晾干并用芒硝处理后，做成两张华丽的斗篷，深色的用于旱季，浅色的用于雨季。他从未告诉过下属，后者是对他本人的献祭。

现在，他大步走进位于六角大楼指挥中心的办公室，脱下旱季的深色斗篷，把那个女人的皮肤挂在衣钩上。女人就这样从行走转向了静止，变成一堆发皱和丑陋的布料。方才跟导灵师墨尔斯的邂逅，让他重新想起了这个差一点被遗忘的外来移居者。他曾经听说过不少此人的传闻，大多是无稽之谈，但也有一名巫师曾经警告他说，那人将成为他权力的主要挑战者。当时他对此不以为然，觉得这不过是巫师在危言耸听，目的是得到他的恩宠和赏赐。

但就在刚才，他突然改变了这个迂腐的想法。凭着大祭司的犀利本能，他从墨尔斯·特诺奇身上闻出了叛逆的气味，它竟然如此浓烈，让他坐卧不宁。“不行，我得好好调查一下这个导灵师，看他究竟要把提佐克导引到什么地方去。”他为此有些心烦意乱，就叫来首席助理祭司特里奥，吩咐他立刻准备一次秘密献祭，因为他要从羽蛇神那里接受神启，以弄清墨尔斯的真实面目。此前他一直认为，在提佐克城邦，他没有任何危险的敌人，而现在他开始担心，提佐克对导灵者的过分依赖，会颠覆高度稳定的权力格局。

到了黄昏时分，特里奥前来报告说，一切都已经准备就绪。霍皮迫不及待地站起身来，沿着花岗岩石阶快步下楼，再穿越油灯高悬的长廊，前往秘密的地下献祭所。在那里，一名不知从哪里弄来的“牺牲品”，被全身赤裸地绑在祭台上，身躯和四肢都用沉重的黑煤精石压住。由于不堪重负，那人满嘴鲜血，好像已经昏死过去。霍皮示意助理祭司们移去黑石，换用亚麻绳加以五花大绑，然后举起锋利的黑曜石祭刀，一举割下了他的阴茎和阴囊。牺牲品痛得苏醒过来，不断挣动，发出声嘶力竭的尖叫。

霍皮面带微笑，一边柔声安慰囚徒，犹如一位语重心长的教师，一边继续他的献祭手术。他剖开胸腹，割下一大堆流着稀屎的肠子，又小心翼翼地割下肝脏、脾脏和一对肾脏，摘下还在微弱跳动的心脏，最后，用力切下了那只表情扭曲而狰狞的头颅。他把这些物件逐一放到羽蛇神雕像的脚下。与此同时，八名助理祭司一起念诵祭辞，恳求羽蛇神收下这份厚礼，并就墨尔斯难题下达旨意。但这次羽蛇神保持了罕见的沉默。它表情肃穆地站着，纹丝不动，好像被时光冻结在阴郁的光线里，对他敬献的那堆血淋淋的碎片置之不理。霍皮为此非常失望，但他不敢有所抱怨，只能怏怏地回到楼上，决定用性爱来发泄对羽蛇神的不满。

“来，给我准备好三个性奴，今晚我要大干一场。”他对特里奥叫道，声音尖细，神色阴沉。

飞行器实验引发的风波

1789年10月30日下午

提佐克城，大桶第六层的墨尔斯家

波波卡属于那种喜欢宅在家里的青年天才。他已经到了没有任何学校可以施教的水准，却又没够工作所需的年岁。这种智力和年龄之间的断裂，令墨尔斯深感头痛。他利用自己在高层的关系，为波波卡赢得了一项特权，那就是允许他在家里设立“波波卡实验室”，并以技术传承人的身份，独立研习自然医药、炼金术和白巫术，所需的全部物资，都由采集者提供。于是老豹子名正言顺地搞来了一大堆器具，像坩埚、烧杯、玻璃管、炭炉、虎钳、锉刀和卡尺之类。波波卡有了这些官方资助的设备，如虎添翼，每天关在自己屋里捣鼓，说是在从事赫尔墨斯学派的研究，却始终没有弄出什么惹眼的成果，以至于墨尔斯开始怀疑他的才能，甚至认为儿子虽然具备他的智力，却没有获得他的神性。这种幽闭的研究一直延续了五年之久。不知是故意还是无意，所有人都忽略了一个基本事实，那就是他早过了应该就业的年龄线。

波波卡是墨尔斯家族的另类，他的灵魂以背叛为生。他渴望逃离提佐克，前往一个书上描述的乌托邦世界，那里没有祭司、军警和围城，所有人都能按自己的意愿生活，从事自己心仪的研究。只有在那种地方，波波卡才能实现一个科学天才的全部梦想。也许是由于这个缘故，就连那些姿容美丽的大桶女孩，他都兴致索然。

波波卡制订了一项秘密计划——研制可以飞越提佐克的机器。但在提佐克，飞行是一种严重的罪行，依照本城的律法，一旦遭人检举揭发，当事人还可能被处死——不是被石头砸死，就是被吊死。好在只有妹妹安吉一人了解他的计划，并努力替他遮掩，以至于父母没能及时发现这个危险的图谋。

从老豹子走私来的一本西班牙语图书里，波波卡找到了意大利人达·芬奇绘制的飞行器草图。但要是真的运用达·芬奇设计的旋翼式结构，波波卡就无法实现自己的梦想，因为这旋翼需要一个持续的动力，而在波波卡看来，世界上还没有任何一种机器，能够提供这种克服地心引力的强大升力。经过长达一年半的苦心思索，他终于找出了一条可操作的捷径，那就是先用热气囊把人送上天空，再放掉气囊，利用滑翔板和气流展开飞翔，直到离开提佐克军警的势力范围。波波卡自称这是发明界的墨尔斯逻辑，也就是通过某种戏剧性组合，绕过动力的屏障，创造出更为简便可行的工程模式。

发明的进程于是变得流畅起来——制作一个足够大的气囊和加热器，一对足够大的飞翼，以及一个可以装载两个乘客（另一个当然是安吉）的座舱。波波卡开始热切地工作，精密计算了上升的高度和可供滑翔的最大距离，算出实现这种位移的升力阻力比，以及所需的飞行器尺寸。他为此开列出货物清单，其中包括轻质的卵果松木板、用以缝制气囊的小羊皮、八盏带有轻便油囊的大型油灯，还有一些用来编织座舱的藤条和麻绳。老豹子按照清单，替他偷偷走私了这些物品。现在，他只需将它们合理地组装起来，让其成为一个有机的整体，就大功告成了。

墨尔斯回家打开房门，只见波波卡表情尴尬地站在前厅里，地板上放着两片尚未完工的松木机翼，到处是芜杂的木屑、藤条和碎羊皮，屋子里一片狼藉，还散发着松脂的香气。显然，他被父亲的意外早归吓坏了，结结巴巴地解释说，这些木板是飞行器的配件，而飞行器是他所有实验的一部分。他只是在尝试发明一种能在天上飞翔的儿童玩具，仅此而已。

墨尔斯结婚生子之后，曾对孩子的命运感到惴惴不安，担心他们会重蹈自己的覆辙。但在波波卡十五岁生日那天，一切正常，没有出现任何异象。墨尔斯为此确信，提佐克才是他们一家的真正归宿，他们应当效忠这座城市，并将其视为自己的永久故乡。

墨尔斯勃然大怒，因为他最担心的事情终于发生了。儿子的科学癖好，会毁掉整个家族的前程，因为无论哪一种飞翔实验，纵然只是制造玩具，都将成为提佐克当局最忌惮的事物。墨尔斯曾是蒂特兰城的流放者，历经苦难，终于在提佐克城邦获得了必要的身份和尊严。他绝不允许任何家庭成员破坏这个安稳的格局。他突然意识到，跟刚才的凶兆对应的，肯定就是波波卡的实验了，要是不立刻加以阻止，它会酿成难以收拾的灾祸。

墨尔斯开始为自己提前回家的决定感到庆幸。他竭力放缓语调，要求波波卡马上终止全部实验，毁掉一切容易遭人猜疑的装置，但波波卡坚决不从，父子俩当场争执起来，声量越来越高。墨尔斯怒气冲天，一脚踢碎了身边的瓦罐，要把儿子赶出家门。女儿安吉正在用小羊皮缝制气球，闻声跑出自己的房间，被父亲因暴怒而扭曲的面孔吓住了。

“好哥哥，儿子波波卡不懂事，你可别气坏了自己的身子。”

安吉是辈分的杀手，她在家里喜欢叫父亲为哥哥，叫母亲为姐姐，还管哥哥波波卡叫儿子。她一边劝着父亲，一边暗示波波卡闭嘴。波波卡不再声辩，扭着脖子躲到一边，小脸涨得通红。安吉又对父亲柔声说：“你要是把自己气伤了，妹妹就只好天天照看你了，但要是天天照看你，妹妹就没法出嫁啦！”墨尔斯被女儿儿子般哄着，脸上露出啼笑皆非的表情。他竭力让自己平静下来，一言不发。

安吉知道，只有母亲本人现身，才能平息这场难以调和的冲突，于是她跑出屋外，在走廊上晾出一条黑白条纹的床单。这是用以紧急召唤的秘密信号，任何家庭成员只要见到它，必须立刻回家。果然，前厅的沙漏刚走了两道刻线，母亲丹娜就气喘吁吁地推开了家门。

从安吉嘴里问清事情的缘由之后，她便似笑非笑地对波波卡说：“宝贝儿子呀，你犯了一个错误，我比你更懂你爸，他气成这样，自然有他的道理。”

丹娜坐下来，喝了一口薄荷水，开始向两个孩子讲述墨尔斯的少年时代。她的讲述平静而曲折，充满各种绘声绘色的细节，好像自己亲历过那样。安吉听完父亲的故事，起身从背后揽住父亲，轻轻说了一句：“哥哥好惨……”

波波卡虽然没有吱声，脸上却已露出了愧色。

丹娜说：“你爸不愿触犯提佐克的法律。他爱惜用苦难换来的和平，这保证了我们全家的安全。波波卡的实验，会让大家面对不必要的危险。”

墨尔斯坐着，拍拍女儿的手臂，皱着眉头说：“我不想让你们重演我从前的悲剧。”

丹娜微笑道：“宝贝儿子呀，我要你把这些材料都锁进储藏室，你不会反对的，对吗？”

波波卡耸耸肩：“那好吧，我放弃这个实验，在提佐克修改法律之前，我不再碰那些玩意儿。这下你们该满意了吧？”

墨尔斯这才转怒为喜，用拳头轻捶了一下桌子：“这就对了，今天本该是个开心的日子，我们一家四口，难得在下午聚到一起。安吉，去拿龙舌兰酒来，咱们一块儿喝点儿。”

安吉站起身来，蝴蝶般轻盈地飞进厨房，很快端出酒罐和带黑色条纹的橙色陶碗，里面装着涂有鳄梨酱的玉米饼、用酸橙汁与醋腌制的猪肉，半只用松木熏烤过的火鸡，还有混合着番茄、黄瓜、西葫芦、蘑菇的凉拌蔬菜色拉。她举起高脚彩陶酒杯，斟上父母最喜爱的美酒“月光香荚兰”，然后嘻嘻笑道：“来吧，哥哥、姐姐和我的坏儿子，当然还有我安吉小姐本人，为我们全家，还有非常爱我们的提佐克！”

浓郁的酒香在屋子里弥漫开来。丹娜用手背轻抚波波卡的脸颊：“儿子呀，你的父亲是我们全家的灵魂。没有他，就没有我们的今天。这杯小酒，我要为他而干。”说完，一饮而尽。

墨尔斯的脸色柔和起来，现出罕见的慈父表情。他把目光从丹娜移到波波卡身上，长叹一声：“儿子啊，父亲不是你的克星，但你却是父亲的债主。”

波波卡尴尬地一笑，举起酒杯，语气依然有些生硬：“父亲大人，我可是科学的信徒。”

丹娜再次举起了酒杯：“这第二杯酒呢，我要为我的宝贝儿子而干，他那么聪明，又那么努力，代表了提佐克的希望。”她自己一饮而尽。

墨尔斯恳切地望着儿子：“我不反对你的志向，也不反对你搞那些玩意儿。提佐克今天是我们的家，明天可能变成我们的监狱，你可以钻研新学，但也要懂得策略，知道如何避开风险。”

安吉故意撒娇似的打岔说：“嘻嘻，不对，提佐克不是监狱，提佐克是我们洗澡的大桶。”

丹娜又抿了一小口酒：“贫嘴，提佐克是我们的酒壶。”她看着安吉，又说，“再过七天，就是安吉的十五岁生日了，我们该好好庆祝一番了。”

安吉在丹娜脸上亲了一下，脸上漾起幸福的笑容：“妈，你真是我的好姐姐！”

波波卡的情绪这时重新变得高涨起来，他挥着胳膊比画说：“我们就在外面走廊上做一个小型晚会，先致辞，再跳舞，然后放焰火。嘿嘿，我做的焰火，一定是提佐克第一。”

丹娜用高脚酒杯敲了一下桌子：“好啦好啦，就这么定啦，我负责准备好酒，邀请各路嘉宾。”

波波卡看了一眼父亲，然后大声说：“我要让全城的人都来看看，什么才是波波卡焰火！”

墨尔斯默默地喝着酒，手里把玩着那柄黑曜石短剑，让它在指间灵巧地旋转，眼神恍惚，仿佛灵魂已经飘到了天上。

安吉大祸临头

波波卡的回忆笔记

（1793年12月，热带雨林里的秘密营地）

虽然只过了寥寥几年光阴，我却很难清晰地讲述那晚发生的一切，它如此迅疾和凶猛，犹如一场突如其来的飓风。晚会最初看起来相当顺畅，刚到黄昏时分，六层长廊上就陆续来了不少嘉宾，其中大多数是刚下班的创造者，包括医院同事、学校老师和图书馆员，还有少量的管理者。他们身穿颜色鲜艳的礼服，满脸笑容，手里提着布料、陶器和鲜花。丹娜礼貌地收下这些礼物，把它们堆放在门前的桌子上。按照提佐克的习俗，主人必须公开展示所有来自客人的礼物，借此炫耀自己的社会地位和受尊敬的程度。

安吉的同学巴蒂，据说是提佐克最迷人的少女之一，耗费了数天时间，制作了一大罐价格昂贵的可可饮料，把它郑重地交到我的手上。她的陶罐比其他人的礼物都更加沉重。我知道，这与其说是给安吉送礼，不如说是在向我示好，因为那是我最喜爱的饮料。巴蒂不厌其烦地告诉我这种高级饮品的制法，借此传递难以启齿的情意。她说，得先把可可豆放在烧热的弧形石头上烘烤，再用擀面杖把豆子碾碎，然后在磨好的可可粉中加入辣椒、香草和肉桂之类的香料，最后才用烧沸的深井水加以冲泡。我迫不及待地喝了一口，然后大声夸赞她的聪明，而她则笑得像一个天真的小傻瓜。

提佐克大钟敲响第五个时刻时，父亲墨尔斯宣布晚会开始。他先做了一个简短的致辞，大意是关于安吉成长的历程。父亲说："我的女儿现在终于长大了，就像小鸟身上长满了羽毛，成为这座城市的真正成员，并要学会遵守它的戒律。但无论如何，我祝愿她像鸟一样长大，又像鸡一样在大地上行走。"

他的话简洁而得体，既含蓄地表达了志趣，又没有逾越规制。宾客们用手掌拍打栏杆，发出一片欢呼，然后大家在木鼓和陶笛的伴奏下跳起舞来。月亮升现在天空上，透过细纱般轻薄的云层，光华四射。安吉被一大群男人簇拥着翩然起舞，裸露着性感的大腿，腰肢柔软，脖颈纤长，小脸一片绯红，身子成熟得像秋天里的果实。我抢着跟她跳了几场，仿佛在跟一个公主调情。

巴蒂用涂满口红的嘴唇凑了过来，指望我能亲她一口，但我很敷衍地推开了她。我当时的目光，只留在了宝贝妹妹身上。

舞会一直开到了午夜。月亮升到中天的时刻，我点燃了事先布置好的焰火，金黄色的焰火从大桶第六层飞上苍穹，像花朵一样依次开放。最后一朵就像安吉的脸蛋，模拟她迷人的眼睛和嘴唇，在半空中绽放，照亮了整个提佐克城。各层居民都拥上走廊观看，发出喜悦的叫喊。对他们而言，谁做生日晚会并不重要，重要的是焰火带来的集体狂欢。在提佐克能看到焰火的机会不多，而我的作品，无疑是提佐克史上最辉煌的一幕。

我是运用硫黄、硝石、黄金、白银和各种矿物质的天才。我发明的新配方，彻底改造了西班牙人的黑色火药，就连父亲都觉得不可思议。我小心地研磨和配置那些硫酸铜、硝酸钙、硝酸钠和硝酸锶药粉，把它们按特定比例混合起来，装进不同的药囊，再用导索连接它们，组装成一些圆形纸筒，并在纸筒的尾部插入黑火药发射器。这种制作的难度，在于那些材料如此敏感，极易酿成爆炸事故。幸运的是，我从未在实验室里失手。

但灾难突如其来，发生得毫无征兆。安吉的头像当时居然没有熄灭，而是幻化为红色骷髅的形象，悬停和凝固在天上。人们的欢呼顿时变成了惊叫。我也被这景象惊呆了，它不符合我的设计初衷。骷髅做出一个诡异的笑脸，然后在夜色中缓慢消退。而后，一个弧形阴影侵入东边的月亮，逐渐吞没了它的圆轮，天穹开始呈现为暗红的血色。而在天边，还有一种蓝黑色的波浪形云彩在涌动，与血红色渐渐融合起来，形成一副令人惧怕的奇特景色。巴蒂吓得扑在我的怀里簌簌发抖，但我根本顾不上安慰她的粉唇。

大约有数千只不知从何而来的野猫，包括豹猫、长尾虎猫、细腰猫和罕见的山猫，都汇集到我家楼下，发出婴儿般的哭声；大批乌鸦从热带雨林飞来，盘桓在提佐克城的上空，拍打翅膀，凄厉地大叫；此外，你还能听到来自大桶的喧哗——那是居民的尖叫和议论，它们跟猫叫和乌啼混合起来，宛如波澜壮阔的地狱合唱。巴蒂吓坏了，走过来拉住我的手，她的小手如此冰凉，在我的掌心里，像一片被秋风吹落的树叶。

礼拜塔神庙的灯光亮了。大祭司霍皮手持烛台走到眺望台上，用他的意大利单筒望远镜朝我们这里眺望。我可以看见他宽大的彩袍在风中飘动，犹如一面愤怒的彩旗。很快他就离开了窗口。不久后，一队手持长矛的士兵出现在六角大楼门口，在祭司的率领下，沿着死亡大道，向我们快步跑来。

我们都看到了这场意外的变化。父亲脸色苍白，对母亲低声说："一切都在重演。"母亲紧握着他的手："不要紧，我们一起来对付它！"安吉吓得脸都变形了，手足无措地站在走廊上，不知该如何是好。我一边握着巴蒂的小手，一边对安吉大声叫道："妹妹别怕，我会保护你的！"

一位名叫特里奥的首席助理祭司，肩上站着一只森林猫头鹰，在八名士兵的尾随下，乘坐水车上了六层，来到我们家门口，脸色阴沉地对父亲说："你女儿是魔鬼的化身，她严重冒犯了羽蛇神，必须马上带走！"

母亲大声抗议说："你们一定弄错了，她只是个十五岁的孩子，从来没有做过任何坏事！"

父亲怒不可遏："我要跟大祭司说话。"

特里奥冷笑道："这正是大祭司本人的命令，他现在就在楼下，你可以直接去问他，但如果你们不让我们把她带走，我们就会逮捕你们全家。"

父亲气得浑身战栗，眼里冒出了火焰。母亲挺着胸脯迎上前说："你们还是逮捕我吧，她的一切由我承担！"

士兵推开母亲，粗暴地扭住妹妹的胳膊，把她强行押上水梯。转轮开始缓缓地旋动起来，妹妹眼含热泪，却表情平静，毫无挣扎地望着我们，高声叫道："别为我担心，我很快会回来的！"

巴蒂吓得浑身软瘫，昏迷在我的怀里。

事后我才知道，就在那个疯狂的夜晚，一些提佐克人在自己家里无端地死去，脸上犹自带着恐怖的表情。

这些死亡事件势必会成为安吉头上的罪名。父亲讷讷地说："一切都是我的罪过。我以为历史已经翻过，没有想到，它居然会在安吉身上重演。"

母亲说："我去跟长老会申诉吧，他们的孩子都是我接生的，我去求他们赦免，或许可以……"

父亲摇摇头说："你可以去试试，但我想不会有什么作用。"他的眼里闪出沮丧而痛苦的神色。

大祭司霍皮把我妹妹关在礼拜塔下的地室里，用一根铁链拴住她细嫩的脚腕，像拴住一只毫无反抗之力的小鸡。长老会的首席长老悄悄告诉母亲，霍皮认定安吉是羽蛇神的敌人，为此他正在准备一场古老的活祭仪式，而她将成为最鲜嫩的祭品。母亲向长老会的求情毫无作用，因为大祭司已经下定决心，安吉的死即将成为一个覆水难收的事实。第二天早晨，大祭司派人传递法旨，要求我们作为安吉的亲属，必须出席五天后的审判大会，不许任何一人缺席。

父亲拒绝为那些"因安吉而死"的居民做导灵仪式，他把自己关在屋里，饮酒浇愁，一筹莫展。到了第二天午夜时分，他突然走出屋子对我和母亲说："我已经得到神的讯息，安吉不会死了。她一定会被脱罪。"他语调坚定，眼里闪烁出梦幻般的神采。

母亲含泪摇摇头："你不要再安慰我了，我们都得坚强起来，一起走过安吉升天的日子。"

我也不相信父亲，尽管他曾经做出无数个被证实的死亡预言。他浑身酒气，思维混乱。他太爱安吉，视她为稀世珍宝，无法接受这个严酷的现实。比起父亲，我虽然哀伤和愤怒，却会更理性地对待这类危机。我开始平静地考虑没有安吉的岁月。在安吉走后，家族势必会遭到世人的鄙视和贬谪，我们一定会被人从家里赶走，下降到采集者或清理者的层级，成为全体民众眼里的异端分子，甚至还有更加可怕的厄运，而我应该在这一切发生之前，就用飞行器把父母带离这座暗黑城市。一种从未有过的集体逃亡念头出现了，比父亲的黑曜石宝刀还要尖锐，刺痛并激励着我的灵魂。

一只体形硕大的黑色细腰猫，蹲坐在朝向走廊的窗沿上，两眼发出幽绿色的光泽。它平静地凝视我，仿佛在看一件新奇的物体，轻轻摆动修长而竖起的尾巴，发出某种类似笑声的叫唤，然后踩着肉垫悄然离去。我知道，它是羽蛇神的代表，它在向我暗示安吉的悲剧命运。

火刑与献祭

1789年11月12日晚上

提佐克城，羽蛇神广场

提佐克大钟被敲响的时刻，丹娜再也无法忍受心中的悲痛，浑身战栗，倒在座椅上大声啜泣起来。

炎热的太阳已经移到大桶高墙的边缘，天边布满血红色的晚霞。居民们纷纷走出大桶向羽蛇神广场汇集。他们表情兴奋，好像正要前去参加一个狂欢的盛典。站在窗口的墨尔斯望着这番场景，无限忧伤地说，提佐克居民果然都是一些可怜的愚人，他们不能分辨善恶，也无法获知真相。

从大桶到六角大楼，由两条九十度交叉的大路连接，看起来很像基督教的十字架。其中南北方向的叫“死亡大道”，东西方向的叫“生命大道”，它们把整座广场切割成了四块。沿着道路两边，是喷泉和石像，还有狭窄的街道和低矮的平房式店铺。神圣事物跟世俗事物在那里实现了古怪的拼贴。

神像混合着玛雅、阿兹特克、萨波特克和特奥蒂瓦坎的风格，但拥有更为秀丽流畅的线条，其中体量巨大的是古代神祇，包括玉米神辛特奥特尔、日神托纳蒂乌和雨神特拉洛克，还有生育、死亡与重生女神柯亚特莉库埃。小石像据说是凡人死后所变，像裙边那样环绕着巨石像，映衬着后者的伟岸。但除了祭司和助理祭司，很少有人知道它们的真正来历，相传他们是被提佐克打败的外邦人，但也有人声称，那是羽蛇神从地狱带来的亡灵，用来警告所有图谋不轨的生者。

按照提佐克的法律，羽蛇神献祭的日子，通常安排在每个提佐克年的最后一天，但为了处置安吉，霍皮不顾长老会反对，决定提前执行献祭。他要借助这场仪式，向提佐克人强调其不可动摇的威权。但他把剮刑改成了火刑，因为只有火焰才能在暗夜里形成恐怖场景，并把祭品的肉身和灵魂完整地交给神祇。

羽蛇神广场在提佐克四个广场中最为完整，没有被商铺和作坊占领，通常用于重大的宗教集会。此刻，一个高大的祭坛已经被搭建起来，十二面黑色的羽蛇神旗，带着众蛇符号和锯齿形的白色花边，在风中猎猎作响。火刑柱矗立在祭坛右侧，形同一个倒立的十字架。

天黑时分，广场上已经挤满提佐克的居民，四周是数百个燃烧着松脂的灯柱。舞蹈队在助理祭司的带领下，戴着妖兽面具，在鼓声中不停地跳动。刚刚才在秘密住所“塔缇娜”里大战一场的霍皮，身穿华丽的金线刺绣袍子，在仪仗队簇拥下登上祭坛，法相庄严，俨然是统治整个世界的宗主。他双手高举权杖，向提佐克人民致意，整个提佐克都在发出震耳欲聋的欢呼。而那袭华丽的锦袍里，尚未来得及擦拭的下身，正在散发出体液的浓烈气味。

霍皮说：“今天是提佐克历史上最重要的日子，因为我们的敌人突然出现了，她要用可怕的巫术消灭我们。三百年来，提佐克从来没有被任何人征服，就连强大的阿兹特克人都无法战胜我们。但就在我们内部，一个来自地狱的女巫偷偷长大了，她用魔法挡住月亮的光辉，还招来野猫和乌鸦，让许多无辜者死去。她是提佐克最危险的敌人。”

民众们随即发出了愤怒的喊声：“烧死她！烧死她！烧死她！”

霍皮用权杖指向火刑柱：“看呀，现在她就站在那里，那个邪恶的女人，她披着一张美丽的人皮。我能够清晰地看见，在这张人皮后面，是一个可怕的魔灵，她要毁坏我们的家庭、我们的城市，更要毁坏我们的信仰。我们必须烧死她，结束她行恶的历史，平息羽蛇神

May 25. 2022.

的愤怒！”

全体民众的目光转向了火刑柱方向。那里，一个身体羸弱的女孩，衣不蔽体地被士兵们拖了出来，用绳索绑在粗大的木柱上。那是墨尔斯十五岁的女儿安吉。她脸色苍白，不停地转动脑袋，好奇地打量提佐克的民众。自从有记忆以来，安吉从没见过这么多人，摩肩接踵，眼神和举止都很迷狂。她站在密集的柴堆上，平静地看着大祭司。霍皮好像在说些什么，表情肃穆，但他的法袍上，却沾着酱汁和谷物的碎屑，这情形看起来如此古怪，令她哑然失笑。

霍皮被安吉的嘲笑激怒了，他用力挥动权杖，像魔杖一样指向安吉。头戴玉石面具的刽子手开始点火。火焰随风而起，不可遏止地燃烧起来。被警察押到广场的墨尔斯一家，看着女儿的火刑，束手无措。这种绝望比火焰更加恶毒，煎熬着他们的灵魂。民众在四周高声喊叫，广场上一片沸腾，巨大的声浪一直传到远方的雨林。正在忙于采集的老豹子，隐约听见来自提佐克的喧嚣，他侧耳倾听，心里顿时冒出不祥的预感。

熊熊的烈火迅速吞没了安吉的身影。几十名助理祭司随同霍皮一起，在祭坛上跪下，高声念诵经文和咒语。歌队在台下发出低沉的和鸣。一百名乐师用陶制的骷髅形哨子，吹出“死亡哨音”，它听起来如同羽蛇神的凄厉叫喊。上千名清理者带着皮制恶灵面具，跳起了

“死亡之舞”。而后，全体民众都汇入他们的行列，载歌载舞。提佐克在盲目地狂欢。

大约一个时辰之后，士兵们用水浇灭大火，又用耙子扒开柴堆。所有人都停下来，期待下一个狂欢的瞬间，但他们发出的却是一片惊呼声——安吉完好无损地站立在黑色焦炭的中心，月光照临着她，衣不蔽体，貌若天仙，身上覆盖着一层细密洁白的绒毛——那是羽蛇神的神圣象征。

广场上突然寂静下来。大祭司也在祭坛上怔住了，良久之后才缓缓地站起身，面朝天空张开了双臂：“伟大的神啊，你向我们显灵。你用她的身体展示你的奇迹。你要揭开蒙在我们眼睛上的迷雾，让我们看清事实的真相！”

安吉也被自己身上的奇迹弄晕了，不知道刚才究竟发生了什么。火焰燃烧起来，带着清凉的温度，轻柔地舔着她的身躯，但她丝毫感觉不到痛楚，相反，火焰消除了士兵在她身上留下的污渍、血迹和伤痕，甚至消除了她两岁时留在手臂上的那个旧疤。每一层火焰的颜色是如此不同，从橙红、橘黄到金黄，像不同的火焰精灵，悉心修复和疗愈着她的肉身。而在火焰深处，她的生命和灵魂第一次得以完全绽放，犹如天庭上的神圣花朵。不知从哪里飞来一群蓝色的蜂鸟，在她身边盘桓，其中一只停栖在她的发梢上，就像一个漂亮的发结。它们的细小羽毛漫天飞舞，如同羽蛇神翅膀上脱落的绒毛。在火刑的最后一刻，天上甚至滴下雨露，打湿了她赤裸的全身，让那些圣绒毛紧贴在她的肌肤上。她知道，那就是传说中的圣露。她仰望旱季的璀璨星空，无限幸福地笑了。

墨尔斯跟妻儿一起，遥望这剧变的场景，突然恍然大悟，原来女儿就是羽蛇神的代表，她受了羽蛇神的庇护，她是永生和不死的。墨尔斯在感到宽慰之际，忽然疑惑地想，假如女儿是羽蛇神的化身，假如女儿生日再现了他所经历过的一切，那么他本人究竟是谁？他跟羽蛇神又有一种怎样的关联？老豹子曾经告诉他，在世界的另一头，有一个伟大的圣贤，向人类提出过三个问题：我是谁？我从哪里来？我到哪里去？现在，到了墨尔斯本人对此作出回答的时刻，但他根本无暇顾及，因为在祭坛那边，演剧还在热烈地进行。

大祭司霍皮的立场，此刻正在发生戏剧性的转变。他像一个喜剧演员，要对这种突如其来的奇迹善加利用，正如他此前利用过安吉生日的凶兆那样。霍皮脱下华袍，跪在地上，叫士兵鞭挞他的后背。皮鞭在空中飞舞，噼啪作响，民众发出惊惶的叫声。霍皮浑身带血地站起身来，表情沉重地大声说道：“这是神对我的惩戒，因为我玷污了神的使者。现在，让我们重新获得信心吧，因为神眷顾我们，赐予我们一位美丽的女神。从今往后，她要成为我们供养的偶像。她要在神庙里接受我们的礼拜，而提佐克将在她的庇护下永生！”

万众发出迷狂的欢呼。他们先是集体下跪，把头颅久久地放在石板地上，行提佐克的最高礼——磕头大礼，然后彼此拥抱，再次跳起“死亡之舞”，就连士兵都扔掉长矛，汇入了狂舞的行列。霍皮赤裸上身，亲自走到火刑柱前，松开绳索，释放安吉，以自己的法袍替她裹身，然后在助理祭司和士兵的簇拥下，将其带回自己的神庙。

墨尔斯望着这场不断转折的闹剧，心中惴惴不安。尽管安吉已经摆脱死亡的厄运，但她此后的命运，仍然是一个令人焦虑的疑团。他紧攥藏在袖子里的黑曜石短剑，满含怜惜地对神色憔悴的妻子说：“我们回吧，你太累了。”他们于是转身离去，穿过人群和灯柱，就像三只孤独的老鼠，身后拖着长长的影子。

洛伦佐十五世及其秘密家族

1789年11月12日午夜

提佐克城，永动机帝国，水晶厅

没有几个提佐克居民会知道，就在他们脚下，有着一个无边的地下世界，其中隐藏着城市自转的巨大秘密。历史上曾经出现过一个追问真相的年代，但那些追问者都被霍皮的前任杀光了。血腥的杀戮制造了一条禁律，那就是不许任何人探究地下世界的秘密，就连祭司集团都未敢探究，唯恐被身边的政敌抓住把柄。但这种古怪的状态，反而保障了地下世界的安全。它闭抑而孤寂，没有任何外人能够入侵。

不知在什么时候，羽蛇神建造了这个巨大的永动机世界。人数众多的洛伦佐家族遵奉神意，以守护者的身份，住进黑暗的地层，跟地表的尘世完全隔绝，犹如一些不见天日的鼹鼠，因而被历史学家戏称为“鼹鼠人”。由于在地底的时间过于久远，家族成员已经基本失明，只剩下一点残余的光感，却可以借助皮肤和内部接收器，去敏锐地感应来自外部的光电、磁场和化学信号。

不仅如此，每天正午时分，洛伦佐十五世总是迈着短小的罗圈腿，动作迟缓地穿过很长的隧道，走进一间水晶大屋，从那里向伟大的日神致敬，象征性地沐浴它所恩赐的光线。这种沐浴何其短暂，就像一场日神的小解，但这已经足够了，被透明管道导入的衍射阳光，有力击穿了皮肤，照亮了躲藏其后的灵魂，让鼹鼠人感到温暖和快乐。即便在漫长的雨季，家族核心成员也要按时在此聚会。对于盲目的居民而言，云雨里的微弱光线还是卓然有效的，它能满足黑暗家族对光线营养的基本需求。

大水晶厅的位置，就在提佐克城外三里地外的森林里，地面被密集的带刺藤蔓和热带植物所包围，没有任何生物能够接近这个区域，包括那些动作灵巧的猴子和猫科动物。

这是一天中整个鼹鼠人家族最快乐的时光，女人们在分享酿制龙舌兰酒和提炼鼠尾草精油的经验，她们是洛伦佐十五世的妻子，共有十二名之多，而且年龄相仿，就连长相都彼此相似，俨然是十二位孪生姐妹。这种严格的一夫多妻制，保证了家族繁衍的品质和速度。

这群女人已经为洛伦佐十五世生育了一百八十九个孩子，目前他只有二百三十四岁，而鼹鼠人的平均寿命，应该在五百岁左右，所以，这种怀孕生子的进程还将长期延续下去，直到他的子孙挤爆永动机王国为止。现在，权力中心的男人们开始交换各种地面上情报，制定相应的对策，而孩子们在快乐地嬉戏，玩玉米粒骰子的游戏。整座水晶厅呈现出一派和谐的景象。

还有大批旁支家族的成员，无法参与这种光照仪式，因为他们必须坚守自己的岗位，修理那些正在时光中坏朽的青铜部件，并操纵神祇留下的掘进机，不断开挖新的隧道，向更遥远的地点拓展。经过数百年的营造，这个密集而庞大的地下蜘蛛网，早已越出原始热带雨林，遍及整个中美洲地区。地道的出口可以是大树和长满苔藓的石板，也可以是那些巨大而浑圆的石球、由奥尔梅克人留下的巨神头像，甚至是雄奇而神秘的大金字塔。这些古老文明留下的建筑，像幽灵那样被藤蔓遮掩，为鼹鼠人提供了难以追踪的出口。

今天，所有家族成员都在谈论那场失败的祭礼。谈论安吉死而复生的奇迹。如果墨尔斯拥有透视的神眼，他就能看见，他们的领袖——洛伦佐十五世，一个身材矮小而肥胖的男人，被这则消息所震撼，心里突然有了一种革命前夜的强烈预感。他无法解释这种大难临头的感觉。他独自走进那间布满各种手柄和按钮的密室，摸索着坐上一张舒适的软椅，开始阅读一份盲文羊皮手卷，想要从这种缅怀中找到操控提佐克命运的钥匙。

羊皮手卷记载说，羽蛇神来自遥远的殷地。两千六百年以前，伟大的攸国之王喜，世称“攸侯喜”，就住在大海边上，统治着一个叫作淮夷的民族。那时，殷地的国王帝辛，其统治变得日益暴虐，杀戮成了他唯一的统治手法，由此引发了一场严重的治理危机。有个名不见经传的周国，在国王姬发的率领下越过秦岭，乘坐皮筏渡过大河，向帝辛发起猛烈攻击。当时，殷国的精锐部队征伐东方，回撤不及，帝辛只好仓皇集结奴兵七十多万迎战周人，不料奴兵因家人饱受暴政摧残，更缺乏补给和格斗训练，根本无心恋战，纷纷倒戈，不仅向周王投降，而且还加入了敌人的军队，倒转金戈攻击殷国，帝辛兵败如山，首都朝歌也被攻陷。帝辛派人护送他的爱妃妲己逃走，自己走投无路，在鹿台宫里自焚而死。他的亲属、朝臣和百姓，随即惨遭屠戮，整个王国灰飞烟灭。

攸侯喜接到报急的军令，组织起十万大军，准备向首都朝歌开拔勤王，去迎战入侵的周人，但他的谋士劝告说：这样的长程援救是毫无意义的，因为从东部到西部，一路上最快也要两个多月，到时应该已经疲惫不堪，而周武王以逸待劳，我们的胜算一定很低。相比之下，另一名谋臣的言语，更加刺痛他的心扉，他说，殷王如此暴虐，民众都已造反，大王又有什么必要去救那个腐败的政权？

攸侯喜为此陷入了无限茫然之中。他深知此举是以卵击石，但作为一个臣属的侯国，有责任与父国同生共死，即便它已腐烂生蛆。除此之外，他还能有什么出路？要是在原地静候，周兵到来时，势必还会爆发一场殊死大战，而他依然没有任何胜算可言。

在大洋彼岸的殷地，应龙神拥有强大的权柄，它的模样如同翼龙，身躯大到整个宇宙都无法容纳，而缩身之时，又能藏于世界的最细微处。他是伟大的造物主，远在世界毁灭的远古时代，他曾经通过降雨重新创造了万物。他的法力大到如此地步，以至于他一旦发怒，不但可以弹劾日月，还能终结宇宙的时空。

于是攸侯喜动身前往神庙，去向应龙神问卜，祈求他指明方向。当时恰逢下雨，描绘在高墙上的应龙神画像突然显灵，扭动蛇的身躯，展开长满羽毛的翅膀，湿淋淋地飞在半空中，对攸侯喜和众祭司说出神谕：去海上寻找扶桑国，那里将是你们的新大陆。

攸侯喜惊得目瞪口呆。这是他平生第一次、也是最后一次见到应龙神的显相。他打造了三百条战船，备足淡水和粮草，率领这支强大的军队登上船，以海运商人为向导，开始了漫长的海上逃亡。舰队借助东南信风和大洋暖流，穿越风暴和闪电，历经了长达四年的艰难挣扎。三分之二的船只沉没在严寒的北冰洋底部，剩下的一百艘战船及三万士兵，沿着北美洲西岸南下，沿途停靠休整时，还收编了一个自称来自火星的天才石匠部族。最终，他成功地登上了温暖的中美洲大陆。全体追随者都懂得，如果没有应龙神的庇佑，他们不可能获得如此深厚的福报。

在大洋对岸的新世界，喜创立了自己的帝国，按自己的蓝图重建了城市、宫殿和市场。人们继续尊奉应龙神为自己的大神，但因他长得像带着羽毛的蛇，就改称他为羽蛇神。与此同时，喜也接纳了当地的土著居民，甚至以包容的方式收编他们的神祇、习俗和工艺。他的石匠部族，果然是天神的后代，以不同凡响的异能，建造出庞大的金字塔寺庙和壮观的超级神像。

洛伦佐家族就是当年应龙神祭司的子孙，他们拥有数千名成员，不仅携带屁股上的青斑、铲形门齿和眼眦裂纹，而且持有一些刻写在龟甲和牛胛骨上的文书，其间记录了羽蛇神和提佐克人的来历。这些秘籍被小心翼翼地藏在某个绝密的地下室里，只有家族的核心成员才有权接触那些文本。但他们对古老文字的含义，仍然一知半解。

现在他需要做出一个重要决断，那就是修改昔日的律法，干预地面政治的进程，因为大祭司霍皮所玩弄的权术，正在危及提佐克城的前景。但他的干预，势必会给地下世界带来潜在的危险。水晶厅的和平景象是无限脆弱的，如同人工幻象，只消一些铜锤、钢刀和钻石，就能轻易地将其摧毁，把它变成透明和布满裂纹的废墟。为此他举棋未定，眼前一片迷茫。

他知道，伟大的羽蛇神已经分裂成三个化身，一个属于洛伦佐家族，一个属于导灵师墨尔斯，最后一个则属于大祭司霍皮。他不知道为什么在同一个神祇身上，竟会发生如此古怪的裂变。尽管答案就刻在那些谜语般的龟甲上，但唯有智慧过人的圣贤，才能读出那些深奥密码的真义。

前往家族神庙祈祷，是他每天必做的功课，此刻，他要从那里向羽蛇神祈求最新的旨意。就像往常那样，他坐上了一辆雕刻着羽蛇神像的精致轿车。这种老式的轿子来自殷地，原先靠四个人用木杆抬起，而现在则被装上两只青铜轮子，由一个女佣轻松地推动，载着他肥胖的身躯，在隧道里做平滑的二维运动，向神祇的幽暗住所行进。女佣是他的一个远房亲戚，从洛伦佐家谱上看，跟他的血缘相隔三个堂、五个支房和七个世代。

女佣说："可怜的大人，推车的重量告诉我，您最近瘦了！"

神庙里的女囚

1789年11月12日午夜

提佐克城，霍皮的羽蛇神庙——大桶墨尔斯家

霍皮的羽蛇神庙，也许是世上最小和最奢华的宗教建筑，位于钟室之下，只有七十肘见方（约等于三十一平方米），以黄檀木作为护板，其上雕刻着各种跟羽蛇神有关的故事，并镶嵌以金箔、火欧珀、托帕石、碧玺和美玉。正面墙上是一个张开大嘴的羽蛇神面具，深蓝宝石的眼睛，在暗淡的光线里闪烁不定，折射着燃烧在树油灯里的细弱火焰。小室里弥漫着古巴香膏的浓郁气味。

这里原本是大祭司霍皮的会所之一，他在这里祈祷、沉思和睡眠，向全城居民传递羽蛇神的旨意。饱受惊吓之后，安吉体力不支，裹着霍皮的华袍，在地板上昏然睡去。霍皮坐在镶有蜥蜴纹象牙圆雕的黄檀木床

上，目不转睛地凝视着安吉，眼里不断变换着复杂的神情。他被安吉的奇迹所震撼，沉迷于少女的美丽、圣洁和高贵之中。在霍皮统治提佐克的五年生涯里，无数个美貌的性奴从他床上滚过，如同饱满而香甜的玉米粒，却从未出现安吉这样的圣女。

难道这是神祇赐给我的礼物？霍皮被这个突如其来的念头激动得浑身发抖。他起身走到窗前，眺望远处的广场和大道。人群逐渐散去，清理者正在拆卸祭坛和烧焦的火刑柱，并清除那堆柴火的余烬。经过上半夜的狂热之后，提佐克正在冷却下来。月亮已经升到天顶，像一盏皎洁的大灯，照亮了城里的所有建筑，犹如狂欢后的月光洗礼。

提佐克城虽然崇拜羽蛇神，但从未打造过羽蛇神雕像。这种空白成了祭司们的最大困惑，因为这会严重削弱大众对神祇的信心。而现在，作为羽蛇神赐给他的最高礼物，安吉就是一尊活的偶像，是他权力稳固的重大征兆。他需要重点考虑的，首先是如何处置这份神的厚礼，其次是如何向创造者和底层民众解释他立场的突变，但无论如何，他都满怀信心。

霍皮走回桌前，坐下来，打开羊皮纸卷，开始起草文件。献祭绝对不能终止。释放安吉之后，他必须尽快找出替代品。现在，他把目标转向了安吉的告密者。就在异象发生前几天，他安插在大桶第六层的那个女密探，好像名字叫作玛琳洁，利用跟他上床的机会，以枕边耳语的方式告发了安吉，指控她打算以媚术和舞技煽动群众，而几天后的异象，有力证实了这种指控。正是由于这个缘故，霍皮做出了烧死安吉的决定。正是那女人误导了大祭司，所以应该被当作诬告者处死，以便让民众知道制造这场误解的罪魁祸首。

霍皮打开一本叫作《关于提佐克历史中的圣迹、祭司阶层的神学原则及其隐含在礼拜塔建筑里的羽蛇神密码》的秘典，试图在其间寻找以往的记录，但一无所获。在提佐克的历史上，曾经有过各种令人惊叹的异象，但没有任何一次像今天这样奇妙。异象的制造者，大多是法力高强的巫师，但被火烧之后毫发无损的情形，却从未发生。霍皮敏锐地感觉到，这是羽蛇神赐予的契机，必须毫不犹豫地抓住，就像抓住一条肥硕而滑溜的大鱼。

霍皮于是起草并签署了一道新的命令：立刻逮捕那个卑鄙的告密者，在十天后用火刑公开烧死，同时把她的家人贬谪为第三层的制造者。不仅如此，他还要在同一个盛大的典礼上，为安吉戴上死亡女神的桂冠，宣布这神庙为安吉的永久祭拜地。他拉了拉铜铃，一个随从很快爬上旋梯，恭顺地等候在门外。霍皮要他把这份命令连夜交长老会执行。

“人民都是愚蠢的，他们只能被玩弄和利用。”霍皮关上门后，满含轻蔑地想道。他的眼光重新落到熟睡的安吉身上。哦，这个美丽的小女神，她是如此可爱，皮肤是如此洁白，嘴唇是如此性感。从今天起，她就是我的女神了。霍皮脸上露出无限喜悦的表情。他带着这些美妙的念头，以及后背上的伤痛，倒在床上昏然睡去。

这天夜里，安吉梦见自己变成一个男人，长着十六只柔软的胳膊，可以像章鱼的腕足那样自由伸缩，其中最大的腕足，探入某个女人的下体。那女人大叫起来，好像到了高潮。腕足顿时变硬，化成一根粗大的黑色权杖。一个老男人跪在她面前，吻着她的权杖并叫她女王。当那男人转过脸来时，她吓了老大一跳，因为那是衰老的霍皮。他历经岁月的摧残，满脸皱纹，却带着阴险而得意的笑容。而在下一个梦里，她又梦见了父亲墨尔斯。他满脸忧愁地在水流湍急的河边行走，河水淹没了他的脚踵，而他浑然不觉，仿佛就在梦游。安吉向他扔了一块小黑石子，试图把他叫醒，但小石子变成黑色的利箭，射中墨尔斯的脖子，他浑身是血地栽进河里，被水流迅速冲走，消失得无影无踪。安吉失声惊叫起来，随后被自己梦中的叫声吓醒。

这已是第二天的下午时分，霍皮早就动身离去。她找了一条床单裹住身子，带着噩梦缠绕的记忆，满腹狐疑地打量屋子，以为正置身于某座宫殿之中。她不知自己究竟睡了多久，前夜发生的事变，开始在脑海里逐一闪现，场面惊心动魄。她惊惧地从小桌上抓起西班牙胸针，因为上面有一根尖锐的镀金细针。她要用这件唯一的武器，去反击胆敢伤害她的坏人。

她眼下最想知道的是家人的现状。他们一定很担心她的处境，而她却无法向外传递消息。她开始四处寻找出口。用黄金装饰的大门，被人从外面锁住了，根本无法开启。她走到窗前，看见城墙般高大的大桶，推测自己可能就被关在神庙——霍皮的神圣之家里。她扯了一条挂在墙上的彩棉腰带，伸出窗口挥舞起来，指望世上最聪明的哥哥波波卡能够看见。但在摇晃了一阵之后，她便放弃了努力，坐到椅子上，无望地哭泣起来，很久以来，她都没有如此放肆地哭过了，眼泪迅速打湿了她的面颊、头发和胸脯。

安吉并不知道，波波卡看见了那条阳光下显得刺眼的腰带，他也认出了挥动腰带的手臂，那属于他最心爱的妹妹。从清晨起，他就一直在走廊上眺望神庙，因为那是霍皮藏匿安吉的唯一去处。腰带的出现证实了他的推测。但波波卡冷静地缄默着，没有向任何人透露这个秘密。他知道，大祭司不会长久藏起他的猎物。他肯定会在下一个祭典上宣布这个消息。她的妹妹将成为一个真正的女神。他还知道，只要她被人崇拜，他就有机会实施营救。

波波卡在母亲帮助下，打开储藏室的小门，继续他被父亲打断的飞行器制作，而母亲则帮他收集小羊皮和缝制气囊。他还向一些制造者家庭讨取作为燃料的松树油脂，说是实验所需。墨尔斯对此装聋作哑。他像往常一样，每天前往医院的实验室，继续做他的药物实验和临终导灵。但他似乎失去了往昔的工作激情。医院的同事都用异样的眼光看他，他们的举止变得更加谦卑，但言辞也更加闪烁和虚伪。这是安吉综合征继续发酵的结果。墨尔斯懂得，人们不知道该如何看待一个曾被视为女巫和魔鬼、而后又被当作女神的女孩，更不知道如何面对她的家属。墨尔斯内心充满对庸众的鄙视，却小心地掩藏起这类念头。他知道，他跟提佐克的决裂已经不可避免，但他需要时间来开辟解决危机的道路。

第三章

死亡女神崛起

霍皮与安吉的“神交”

1789年11月21日午夜

提佐克城，羽蛇神广场——神庙——大桶墨尔斯家

提佐克城的新祭礼，举行于安吉生日事件后的第十四天。霍皮利用长老会和民众对羽蛇神的恐惧，成功上演了一场规模空前的残酷戏剧。他下令先敲掉告密者玛琳洁的牙齿，割掉舌头和嘴唇，再用石头砸死，焚烧她的尸体，并宣布把她的丈夫和女儿贬为“制造者”，希望他们能领受宽恕的恩典，戴罪立功。最后，他为安吉戴上桂冠、披上锦袍，宣布她就是死亡女神，礼拜日就是每个提佐克年的今天。新法令规定，在每年的这天，提佐克人必须虔诚地向女神献祭，而祭品应当是他们所拥有的最珍贵之物。大祭司本人则将成为这位活神的尘世代表，以安吉女神的名义发布神旨。任何胆敢违抗者，都将面临被烧死的刑罚。

霍皮把桂冠放在安吉头顶上时，她感到了它沉甸甸的分量。这顶桂冠，据说是提佐克历史上最伟大的工匠布里京的杰作，此前一直被放置在神庙的器柜里，很少有人见过它的真容。而现在，它终于找到了自己的新主。它以黄金为支架，用软木和棉绒做内胆，造型为骑在大蛇身上的羽蛇神，头上长有密集的芒刺。那是典型的中美洲样式。羽蛇神的眼睛用了大粒的祖母绿宝石，而脸部则是质地细腻的白玉，这种玉石来自遥远的南方，拥有不可思议的能量，可以用来召唤众神，并得到他们的庇护。

在震耳欲聋的万众欢呼声里，安吉第一次感到身为女神的狂喜。那是被世人顶礼膜拜的荣耀，它落在安吉身上，让她周身放射出不可言喻的光芒。她看了一眼正在发表演说的霍皮，觉得这个男人其实并不讨厌。他相貌英俊，仪表堂堂，言辞像天空那样宏大，正是女人们所渴望的那种男性英雄。

广场仪式结束之后，她再次被送回神庙。她知道这将是她长期居住的圣地，而这个男人将成为她的唯一陪伴者。霍皮戴着神圣的翡翠面具，点燃那些悬吊在屋顶上的羊油灯，把神庙弄得很亮，然后非常谦恭地伺候她。亲自为她脱下圣袍，为她洗浴，仔细地擦拭她的身躯，再涂抹香膏，洒上名贵的奥巴香水，然后把她抱到卧榻上，用塔玛金银细纱织成的被衾，轻轻地盖上她的身躯。

霍皮从银樽里倒了一杯酒递过去，看着安吉顺从地喝下，然后说："根据提佐克法典，你的祭司，必须跟你交合，然后才能获得你的神力，传达你的声音。现在我要进到你的身体里面。如果疼痛，你可以叫喊，但你不可以拒绝。"他拉动一个把手，整个神庙的墙壁旋转起来，露出天空和大桶的景观。安吉这时才明白，神庙的外墙是用水晶制作的，在它变得透明时，全城的居民都能通过大桶的窗户和走廊，看到屋里所发生的一切。女神献祭仪式的第二部分，也即真正的高潮，现在拉开了帷幕——他要让全体提佐克居民亲眼目击他跟女神的交合，而这是他获得神性的直接证明。

女神还来不及感到羞怯和恐惧，就被霍皮的巫药所控制。喝过以迷幻蘑菇酿制的棕色酒液之后，一种模糊而兴奋的涌流，从胃部开始发酵，迅速流注到身体的各个部位，火焰般燃烧起来。这火焰跟火刑时全然不同，它不是清凉的，而是充满难以抵御的热力。对方用夜枭的羽毛划过她的肌肤，令她的身子变轻和失重，升起在灵魂的上方。接着，她感到自己被一只锤子反复敲打，痛楚而又愉悦。身体的坚冰被击碎了，融化成一江春水，她瞳孔放大，低声呻吟起来。随后，痛楚逐渐消失了，只剩下潮水般的愉悦，不断舔舐着她的下体，向全身剧烈放射，直至把她推上云端。就在那个天旋地转的高度，她大叫一声，突然坠落下来，陷入了假死的状态。

霍皮筋疲力尽地躺着，仔细回味刚才的神圣性爱仪式，发现女神的容颜好比美玉，身子则犹如猎豹，而这是女神应有的属性。霍皮对这一发现欣喜若狂。他决定至少跟她生五个男孩，让他们成为提佐克最高权力的继承者，以保障自己的基业永垂不朽。他确信女神将为他塑造一个没有反对者的完美帝国，并彻底改写提佐克的历史。"现在，好像一切都在变得完美起来。"霍皮满意地想着。他拉动把手，关上墙壁，然后起身下床，仔细擦拭过下身，穿上袍子，信步走出神庙。走下旋梯的时候，他开始在脑袋里盘算一个新的计划。他要尽快切割女神跟家族的联系，不管以什么借口和手段，因为他们是让安吉产生不良思想的主要因素。但这种手术必须做得天衣无缝。

全体居民都在家里观看了这场神圣演剧。由于距离遥远，他们无法看清细节，却可以用个人想象加以弥补。这样的仪式千载难逢，点燃了提佐克人的欲火。据提佐克的史书记载，仪式之后，提佐克人开始通宵做爱，而过了十个月，提佐克出现了罕见的生育高峰。一位权威的西班牙历史学家认为，这两个事件之间有着密切的逻辑关联，因为这种公共性爱仪式，是高效的激励手段，可以推动提佐克的人口繁殖，而这正是祭司诸多使命中的首要部分。

只有墨尔斯一家没有加入这场狂欢。墨尔斯悲哀地拉上所有窗帘，搂着丹娜低声安慰说："我一定会把安吉从魔窟里救出来。"

丹娜无法止住自己的泪水："你要以羽蛇神和生命之神的名义发誓。"

"老豹子明天就回来了。我得去跟他讨论一下。"

"我们宁可死掉，也不能让安吉受苦！"

墨尔斯轻吻着丹娜的面颊说："我知道，我会的！"

波波卡在自己屋里狂奔，绕着圈子，怒气冲天。他无法接受这种公然的强奸行径。它是如此卑劣，却被冠以神圣宗教的名义，这是对全体提佐克人的羞辱，而他们居然还在热烈地观赏，像一群流口水的饿狗。波波卡意识到，由于霍皮的统治，提佐克已经沦为世上最黑暗的城市。他从未像现在这样，渴望飞越这座无耻的监狱。

这样过了很久，波波卡的怒气才慢慢平息下来。他决定继续制造那架飞行器。为了保密起见，波波卡为它起了一个代号——"夜鹭"。这种鸟通常只在夜晚飞行和狩猎，并有按季迁徙的美德。波波卡曾经供养过一只单飞的夜鹭，它连续三个月来墨尔斯家窗口栖息，接受他提供的小鱼干，并带来一些北美负鼠的尸体作为交换。突然有一天它没有现身，从此变得杳无信讯。波波卡想，它肯定死于某个采集者之手，于是他更加怜惜这种友爱的鸟类。

“夜鹭”的翅膀已经打磨好了，气囊还剩下三分之二。最大的问题是那八盏油灯。老豹子出城采集，很快就会归来。他坐在窗前，从妹妹安吉一直想到巴蒂。她此刻一定待在制造者的第三层居所里，为自己母亲的死亡而伤心。波波卡本来并不十分喜欢这对母女，但自从巴蒂母亲玛琳洁被杀，他的心里便生出一种深切的怜悯。哦，可怜的巴蒂，她往后的日子该怎么过呢？他又该如何去安慰那个被命运摧残的美少女呢？

墨尔斯首次遇刺

1789年11月25日上午

羽蛇神大道——长老会议事厅——药剂实验室

旱季的金黄色阳光斜射在大桶上，勾勒出这座庞大建筑的各种微妙细节，包括由清理者栽种在墙缝里的那些藤蔓和野草。澄明的晨风拂过大地，带来原始森林的浓郁气息，提佐克沐浴在旱季罕见的清凉之中。墨尔斯穿过大道和小街，毫无表情地向六角大楼走去。路上时常有人停下脚步向他致意，他也挥手回礼，维护着表面上的礼节。他要去长老会跟老豹子见面。这是一次秘密的约见，但除了长老们的会议厅，他们甚至找不到一个更合适的地点。老豹子说，那是提佐克警卫的盲区，墨尔斯深以为然。他们要在那里讨论安吉的未来，以及整个提佐克的前程。

一辆马车在墨尔斯身后不紧不慢行走着，一个中年车夫，头戴压得很低的草帽，身披深灰色斗篷，轻轻晃动着鞭子。在经过冥王米克特兰堤库特里的巨石雕像之后，车夫突然轻叱一声，“噼啪”扬鞭，马受了刺激，冲着墨尔斯狂奔而来。墨尔斯当时正在沉思，没有留意身后的事变。等到路人惊叫着提醒他时，马车已经近在咫尺。墨尔斯迅疾转身，本能地拔出黑曜石短剑挡了一下，奔马仿佛撞上透明的厚墙，一边嘶鸣，一边高高扬起前蹄，带动整辆马车向右侧翻去，车身摔得稀烂，车夫的头颅被断裂的车辕砸碎，鲜血和脑浆流了一地，纹丝不动地躺在石板地上，双眼圆睁，失神地望着天空。那顶草帽，在地上滚了一圈，落在墨尔斯的脚边。这时他认出了车夫，那是霍皮十二助理中的一个。路人开始围拢过来，而士兵正在朝这里飞奔。墨尔斯毫发无损，怔怔地站了一会儿，神色阴郁地走开，没有在意人群的喧嚣。

越过六角大楼的台阶，老豹子亲眼目击了这惊险的一幕。他在空旷的会议厅里等了片刻，一见墨尔斯进来，就大声说道：“这是一次谋杀。”墨尔斯点点头，愤然不语。

“我看见了所有细节。你要小心了，那戏子还会再干一次的！”老豹子说。他身披黑色布袍，蟒蛇皮制成的腰带上，挂着一个鹿皮缝制的酒囊：“下一步你打算怎么做？”他满脸风尘，刀刻般的皱纹里填满了苦涩的岁月。

“我要把安吉从神庙里救出来，这是唯一的解决办法。”

“我不这样认为，你救不了她，还会造成更大的麻烦。”

“只要安吉愿意回来就好，霍皮一定不敢妄动，因为她终究是提佐克的死亡女神。”

老豹子摇头说：“你想得太简单了，就是为了安吉，霍皮才会要你的命，甚至还会要你全家的命。他要切断安吉的所有退路。”

墨尔斯说：“我生下安吉，等于把羽蛇神的血液灌进她的身子。她并不属于我，而是属于天神，所以我才必须保护她，纵然为此而死，也在所不辞。”

老豹子眯起眼睛，盯着墨尔斯看了良久，然后长叹一声：“好吧，你既然想死，谁都拦不住你。要是你出了什么差错，丹娜和波波卡那边，我会照料好的。”

墨尔斯点点头：“有你这句话，我会做得更没有顾忌。但你不用担心我的生死，你应该担心的是提佐克的未来，难道我们就这样看着它变成霍皮的私产？”

听了这番话，老豹子突然瞳孔收缩，目光变得锐利起来：“我看未必，还需要进一步观察。霍皮藏起了我们采集到的所有黄金，他是提佐克最大的贪污犯。但世界正在发生变化，他的暴政一定会被推翻。从来就没有人能靠暴力持久地控制他的人民。”他欲言又止，随即切换了一个话题，“要是你打算离开，我没法告诉你另一个乌托邦城市，因为它根本不存在。另外，你要当心波波卡，他的发明很有趣，但很危险。霍皮在你四周安插了很多密探，那天被处死的女人，就是其中一个。”

墨尔斯心头微微一震，随后又恢复了平静：“好的，我会跟波波卡说的。你也要留意采集者里的那些杂种。”

老豹子哈哈一笑，啥也没说，就着皮囊喝了一口酒，转身大步离去。墨尔斯坐下来，掏出旱烟斗，开始吞云吐雾。他很久都没有抽烟了，此刻他需要这种瘾品来调节灵魂的力度。会议厅里光线昏暗，霍皮的肖像，悬挂在大门的正对面，装腔作势地朝他微笑，华袍的纹饰上涂满金粉，散发出一种恶俗的气味。墨尔斯闭上眼睛，盘算着下一步计划的各种细节。他约见的长老会秘书即将到来。按提佐克的政治程序，作为死亡女神的肉身父亲，他将顺利地进入长老会，成为贵族群体中的一员。戏子霍皮很难公开阻止他的晋升。而墨尔斯将利用这个新身份发起进攻。他懂得，根据权力游戏的法则，越是接近最高层，安吉重获自由的希望就越大。

门开了，霍皮、特里奥和长老会秘书一起走进大厅。墨尔斯对此颇感意外，他下意识地站起身来。霍皮快步走到墨尔斯面前说："刚才发生的车祸我已经知道了。你是一位幸运的父亲，你和你的女儿都躲过了死亡。"霍皮言辞热烈而毫无表情地说着，仿佛在跟一位死者说话，"我要代表长老会向你传达一个讯息，那就是你的升迁。从今天起，你将成为长老会的一员，你的家，也应该从第六层搬到顶层。清理者会帮你解决这些小事的。"霍皮转脸对秘书说："三天之内，你要办妥这些事情。"

墨尔斯欠了欠身，做出感激和谦恭的表情。霍皮使劲拍了拍他的肩膀，然后哈哈笑着走出大厅。他对自己的公共表演非常满意。在长廊的尽头，他跟等候在那里的光头助理巴克低声道："你没有办好，自己去将功赎罪吧，三天以内，我要听到我喜欢的消息，否则，你就得替他去死。"巴克面带惧色，把腰弯得很低，倒退着走开了。

隔着长长的走廊，墨尔斯目击了这一幕，他本能地觉察到霍皮所谈论的全部内容。他为此微微一笑，脸上露出轻蔑的表情。最近一段时间，他对自身的力量有了全新的认知。无论是否跟羽蛇神有亲缘关系，他身上确有某种无法解释的法能。他知道，霍皮要想杀死他，还得费很多手脚。在这个世界上，恐怕只有跟他血脉相连的儿女，才具备杀死他的能力。

墨尔斯回到实验室，继续调配那些稀奇古怪的药材。

他的最初计划是炼制一种蒙汗药，把它投入水渠，让全城士兵在饮水后昏然睡去，然后他就能带着安吉和全家离开这座可悲的城市。现在，他觉得可以利用刚发现的异能，以及那把祖传的神奇短剑，启动一号方案——把安吉弄回家，并通过长老会逼迫霍皮妥协，让事物回归初始的状态。要是这个方案出了问题，就改为二号药物方案。而波波卡的飞行器，在他看来，不过是小孩子的玩具，无法支撑第三号方案。“唉，这个孩子，什么时候才能接过我的衣钵呢？”墨尔斯叹了一声，用手轻轻搅动坩埚里的药物，看着它突突地往外冒泡，忽然目光发亮，似乎从沸腾的药液里看到了某种希望。

霍皮的女密探们

1789年11月25日下午

提佐克城，霍皮的秘密居所“塔缇娜”

霍皮今夜躲在自己的秘密居所“塔缇娜”里，以肉战的方式跟那些女密探议事。这些女人原先只是单纯的告密者，被安插在不同的阶层，用以保障情报来源的畅通，而后被霍皮发现了她们的“剩余价值”，于是成了“塔缇娜”的常客。巴蒂的母亲玛琳洁曾是这里的头牌性器，在她被处死之后，又有更多女人加入这个行列。她们心甘情愿地出卖姿色和情报，以便换取更高层级的薪俸和荣耀。霍皮制定了提佐克权力交易的语法，让那些女人成了他的双料工具。

跟霍皮的其他巢穴不同，“塔缇娜”坐落在死亡大道边的闹市，混迹于那些店铺、酒馆和脚行之间，就其外表而言，它很像是一家尚未开张的客栈，因为门前竖着特里波卡的黑曜石雕像，他是黑暗与无形之神，被提佐克人视为旅客和客栈的保护神。访客出入走的都是后巷小门，而那扇带黑色条纹的橙黄色大门却永远紧闭，看起来如此神秘而洁净，门前甚至没有一星树叶和垃圾，好像时刻都有人在清扫，跟四周凌乱肮脏的环境，形成了鲜明的对比。

这是霍皮性情向外投射的结果。他不但有严重的洁癖，而且是提佐克权力和道德的双重象征，他代表城邦的教权，更代表一种源于羽蛇神学的残酷伦理。但最近一段时间，他一直在为无法完全掌控长老院而感到恼火。不仅如此，长老院里的反对声音，竟然已经增加到了半数以上，这是极其危险的信号。为此他决定安排一场谋杀，把那些反对者全部干掉，但他不知该如何下手。霍皮是那种可以身心分裂的天才，他一边在卧榻上与几名女子奋战，一边反复琢磨着跟敌人作战的良策。

他的一名女密探昨天潜入墨尔斯的药物实验室，发现他正在炼制一些官方计划外的药品，其中包含某种用途不明的毒药。她在娇喘中说出了这个意外的发现。霍皮开始揣摩墨尔斯的意图，却毫无结果，但毒药这种事物却给了他奇妙的灵感。于是他一边奋力运动，一边向那个实验室女人（他甚至叫不出她的名字）发号施令，要她去盗窃毒药，然后交到他本人手里，只要办成这事，他就会把她的层级从第三提升到第四。女人感激涕零地哭了，而在一边互相抚摸的另外三个女人，也同时达到了高潮，一起发出呼天抢地的叫喊。

霍皮满意地看着这支肉身丰腴的队伍，心想这就是他“不战而屈人之兵”的秘密。从前，阿兹特克人崇拜性欲、淫荡和性犯罪女神提奥特尔，但那种单纯的纵欲过于低级，只能消耗权力的能量，而无法强化权力意志，以至于帝国逐渐腐败和溃烂，最终被西班牙人击垮。所幸的是，“死亡女神”安吉开启了一扇完全不同的大门。从此以后，他应当继续添加她们的数量，洗濯她们的脑子，训练她们的技能，把她们变成一支密探兼性奴的粉色军团。提佐克的历史上还从未有过如此伟大的创举，让他的神圣教权变得日益完美，跟羽蛇神的天堂融为一体。

在床帏事务方面，唯一令他感到沮丧的，是死亡女神安吉。昨天他试着在没有用迷药的情况下亲近她的玉体，却遭到前所未有的激烈反抗。安吉用一枚胸针刺向他的小腹，差点废掉了他的凶器，幸亏他反应敏捷，及时偏转身子，这才免去了一场浩劫，但细针还是深深地扎入大腿根部，刺破血管，让鲜血迅速染红了床单。事后他一直心有余悸，觉得这实在是匹难以驯服的烈马，而对于这种世上独一无二的尤物，他必须改换策略才是。但他并不担心这点，他睿智的脑袋里装满了上千种御女之术，只要他想，就没有不可征服的对象。

逃亡还是改变，这是一个问题

波波卡的回忆笔记

（1793年12月，热带雨林里的秘密营地）

自从妹妹被公开奸污以来，我始终处于极度沮丧的状态。老豹子的到来，让我精神为之一振。这个神奇的老头，浑身都是肌肉和能量，臂力和精力都让人望尘莫及，以至你根本看不出他的真实岁数。几乎所有人都以为他只有四十，而实际上他早已年过六旬。他送我一些优质的小羊皮和羊肠线，又带来十二盏油灯，都是阿希纳工匠的产品，用黄铜打造，带着绘有香草纹饰的玻璃罩子。我说只要八盏就够了，老豹子却说多几盏没事，权当备用吧。

最后，老豹子跟变戏法似的，又掏出一个带密码锁的银质圆筒，打开它，抽出一张西班牙草纸卷，展开之后，纸卷变成了测绘精细的地图。我大喜过望，差一点喊出声来。在提佐克，任何人胆敢拥有或偷看地图，都将被公开处死，所以此前我从来没有见过这类玩意儿。老豹子说："我在远方就知道了你妹妹的事情。这次带回地图，是为了让你弄清提佐克的地理位置。你懂西班牙文，你得尽快把它背熟，记在脑子里。要知道，在未来的日子里，地图会给我们巨大的帮助。"

我从没见过老豹子用如此严肃的口吻说话，他身上的那些圆形斑纹，忽深忽浅，忽大忽小，令人难以捉摸。但现在我必须集中注意力，去仔细端详那张地图。世界是一只球形的橘子，而地图是一个被扯成两半的平面。老豹子指着其中被大海夹住的部分说："他们告诉我，那就是提佐克所在的地点。"老豹子说，"整个世界都被西班牙人占领了。阿兹特克的所有城市，都因病毒和屠杀而遭到毁灭，包括你父亲以前曾经居住过的蒂特兰城。提佐克能够存留，是因为它处于热带雨林的深处。这片森林太大，西班牙人曾经派出一支上百人的探险队，试图从它中间穿过，摸清它的状况，但最终只有三个人生还，而且他们都已经发疯，无法提供正确的讯息。"

我再看阅读地图，发现这座森林被做了一个注解，那就是"魔鬼之地"，并打上了"严禁进入"的骷髅形标记。

“那是不是意味着只有采集者才能穿越森林，从西班牙占领区获得资源呢？”

老豹子自负地一笑：“是的，我父亲找到了一条穿越森林的小道，后来我们又花了三十多年时间去改善小道，甚至还在断开的地方挖了隧道，这样就可以通往那些远方的市镇。没有我们的努力，提佐克早就死一百回了。”

粗略研究过地图之后，我对老豹子说：“提佐克只是这个世界上的一粒亚麻籽而已，它随时都可能被暴风和海水卷走。”

老豹子笑道：“哈哈，你很聪明，果然得了墨尔斯的真传。的确，西班牙人虽然不断受挫，但他们非常聪明，迟早会穿越森林，发现这座城市。如果提佐克不做自我改变，就会重蹈阿兹特克帝国的覆辙。”

我向老豹子透露了逃亡计划。我告诉他，我将乘坐“夜鹭”，带着全家逃走。现在有了油灯，我的飞行器很快就能完成。老豹子对此深感意外：“你想逃到哪里去呢？你可以逃进森林，在我的秘营里住到老死，但那又怎样？即便走到森林外的市镇，你也只是一个西班牙人的奴隶而已。”他停顿了一下又说，“你应该懂得，我们要做的不是逃亡，而是改变。”

我跟老豹子之间出现了分歧。我无法说服他，但他也无法说服我。我争辩说：“提佐克是一个腐败的城市，它的居民都是羽蛇神教的俘虏。他们的脑瓜子里灌满了霍皮的毒素。他们是一群可怜的行尸走肉。你可以推翻霍皮，但不能改变霍皮制造的愚人。只要看他们在广场上的表演，我就可以断定，他们根本不值得我们拯救。”

老豹子摇摇头说：“你太悲观了。一切改变，都只能从身边开始。只要你做了，人性是会发生改变的。霍皮可以把他们变傻变坏，我们也可以把他们重新变回聪明和良善。”

见老豹子的态度如此坚定，我就没再说什么。反正，我已下定了逃走的决心，无论外面的世界多么危险，我都要试他一试。逃亡是我存在的唯一目标。我告别老豹子，随身带着他赠送的礼物。老豹子为我两肋插刀，真是个讲义气的爷们儿，但我已经长大，我要开辟自己的道路，就像父亲当年曾经做过的那样。

父亲升为长老之后，母亲就不再需要去医院工作了。这对她来说不啻一个新的坏消息，但她不愿接受这样的摆布，坚持要去医院替新生命赐福，最后还是长老会做出让步，允许她继续上班，为年轻接生者提供指导。但这时她已经在家里滞留了数天，沉浸于持久的悲伤之中。她每天都坐在镜子面前，看一会儿女儿的画像，哭上一会儿，又继续看她的画像，如此反复再三，无论我怎么安慰，都没有作用。后来我干脆放弃了劝慰的努力，把老豹子的小羊皮和羊肠线交给她，但求她快点儿做完。母亲终于擦掉眼泪，走进实验室，去做她尚未完成的工序。我舒了口气，拿起妹妹的画像看上一眼，发现她正明眸皓齿地朝我微笑。我想，这真是一个小精灵，她给墨尔斯家族带来危险，但也带来了一种难以捉摸的希望。

在实验室里，“夜鹭”的模样已经基本成型，大气囊正在收尾，吊篮和操纵系统也大致就绪。我把八盏油灯用亚麻绳绑在木架上，完成了动力升力系统的安装。加上滑翔板也制作完毕，只需三天时间，我就能完成全部的安装和调试程序。我评估了一下手头的工作，感到悲喜交加。是的，尽管“夜鹭”的完工如此可喜，但离家出走，终究是件令人忧伤的事情。

我坐在椅子上看母亲缝制气囊，觉得她的容颜日益憔悴。在她美丽温婉的容颜背后，蕴蓄着一种令人窒息的苦痛。那也许正是我们家族的特点。总有一天，她和父亲都会老去，而我们将成为这个世界的主宰，但我还是无法接受她即将到来的衰老，无法接受她那脖颈皮肤的松弛、眼角皱纹的加深，以及她看我时所露出的爱怜和哀伤。

第二次未遂谋杀

波波卡的回忆笔记

（1793年12月，热带雨林里的秘密营地）

父亲墨尔斯下午突然回家了。他接到长老会的通知，说是已经任命他为长老会的三位思想长老之一，负责管理创造者阶层，而在明天，清理者将奉命把我们家搬到顶层——第七层。他赶回来的目的，就是为了让我及时抹掉跟“夜鹭”相关的所有痕迹。母亲显得有些慌张，她说在搬家过程中，这些东西很难不被告密者发现。父亲说，其他的问题不大，最惹眼的是那两只大翅膀。我说那个简单，它们本来就是拼装的，这回先拆开，搬好后再重新拼起来也不迟。剩下的东西都用大块棉布包裹，再以麻绳仔细扎好。我努力让父亲放心，说一切都在掌控之中，绝对不会出错。他以复杂的眼神看我，翕动嘴唇想说些什么，却什么都没说。

我们全家动员，开始为家具、器具和杂件打包。这是一件繁杂的事务，但为了保密，我们不敢雇用清理者，只好自己动手。活儿虽然有些枯燥，却很有效率：先收拾实验室，再收拾安吉的卧室，然后是父亲、母亲和我的卧房，最后才是客厅和厨房。弄完所有这一切之后，天色已经大亮。曙光射入窗户，照亮了那些被亚麻布单包住的物件，令它们看起来像是一些被肢解的器物尸体，失去了灵魂，正在可怜地等待光线的审判。

在我看来，搬家就是一次向顶层的进军，它让我能更方便地登上天台，从那个新高度起飞，但在父亲看来，这却是新危机的征兆。他认为这种过于快速的搬迁非常可疑。在上一次的谋杀失败之后，霍皮必定在谋划新的阴谋。父亲警告我和母亲，千万不要低估霍皮的歹毒与能量。我倒不担心自己和母亲，我担心的只是父亲自己，既然他已经被杀过一次，那就会被反复谋杀，直到他死去为止。

我急切地对父亲说：“你不能死，你是我们的脊梁！”

父亲笑了笑说：“傻小子，不用担心我，做好你自己的事情吧。”

搬家的清理者大约有二十多个，由一个瘦高的瘸子带领，他是清理者阶层的首领。他们干活麻利，看起来训练有素，尽管天气炎热，浑身大汗，却从不擦拭一下。包裹被先后装上水车，用转轮带上七层。这是一种非常便捷有效的方式。到了正午时分，一切快要结束。父亲看着他们装上最后一个厨房用具的包裹，跟着一起登上转轮，水车再次缓缓转动起来。就在这时，转轮发出嘎吱嘎吱的巨大声响，然后开始剧烈摇晃。父亲此时还没有坐下，他迅速站起，以极其敏捷的身法，一个箭步跳下水车，而就在那个瞬间，身后的转轮向外侧缓慢而坚定地倒下，在一声巨响之后，化成一堆废物。轮上的两位清理者和站在底层的四个路人，全部葬身于沉重的木轮之下。整个提佐克一片死寂，然后，一个正在现场的女人，发出了恐怖的尖叫。

父亲见霍皮不惜让那些无辜者陪葬，气极反笑，看着我和母亲说：“看看，你们总算见识了戏子的歹毒，可惜，这回他又失手了。”母亲一手挽着他的胳膊，一手轻拍他战栗的后背，像在哄一个孩子。我心里暗自庆幸，父亲命大，没有中招，而且除了厨房用品被摔得粉碎，我的“夜鹭”也安然无恙，这难道不是一个值得庆贺的吉兆吗？

“瘸子”的面色变得十分阴沉。他领着清理者把包裹搬进七层的新居，然后心不在焉地告辞离去。我想他没有完成杀人使命，一定是赶着回去领罚了。酷烈的太阳升临在天顶，气温变得更加炎热。另一队清理者快速赶到，在警察的监督下清理现场。血肉模糊的尸体被装进木桶里运走，地上的鲜血也被冲刷干净，所有这一切都做得极为迅速和专业，显示出提佐克统治者料理后事的娴熟技巧。现场只剩大水车的庞大碎片，静静地躺在午后的阳光下，勾起我对童年时光的无限缅怀。

母亲叫我回屋去整理东西，而父亲此刻已不知去向。我们住进的新居，面积是原来的两倍多，大大小小的屋子共有二十多间，据清理者说，它原本属于一位长老，他上个月刚刚老死，而且还是父亲做的导灵仪式。我挑了一间最大的做实验室，其他都由母亲定夺了。母亲说："把最靠里的那间给你妹妹吧，我要让它一切都保持原样。"她的眼里闪着泪光。我点头说："好吧，她肯定会喜欢的。"我只能以这种无用的话语，去给她无力的安慰。我知道，只要我的计划成功，我们全家都会抛弃这个临时居所，向未知的世界逃亡，一直逃到获得真正的自由为止。我看见那几个最大的包裹，悄无声息地停栖在屋角，似乎在等着我的指令。那是我们全家的指望。

就在我家搬迁的同时，巴蒂家也在搬迁，但跟我家的方向南辕北辙。她将随着父亲，从第六层搬到第三层去。巴蒂的父亲曾是花匠出身，所以他理所当然地被贬为制造者，成为"瘸子"手下的一员。由于居所的面积从六间缩小到三间，大多数家具都被充公，就连巴蒂的童年玩具，都被清理者当作垃圾丢掉。她像只受惊的小鸟，独自躲在角落里伤心流泪。我想走过去安慰几句，但不知该说些什么。我家正在“飞黄腾达”，又有什么资格去劝慰一个正在遭难的女孩？最后，我只能选择沉默，低着脑袋从她跟前走过，形似冷漠的陌路人，心中却满含羞愧，在她眼里，恐怕我就是那种无情无义的坏种。

女神祭拜时刻

1790年2月6日—3月10日

提佐克城，礼拜塔

作为死亡女神，安吉每天的功课，是聆听头顶上的巨大钟声，建筑物的隔音装置无法阻止声音传入，她必须忍受这种耳膜上的周期性折磨；还有就是透过环形水晶墙体，从高塔上俯察整个提佐克，观看他们蝼蚁般蠕动的身影，为他们的生命感到悲悯。她穿戴女神的桂冠和圣衣，盘腿而坐，始终保持一个固定的姿势。反过来，提佐克的居民，也可以从任何角落，反观安吉的一切，并因此感到无限幸福。这与其说是女神与子民的庄严对话，不如说是一场互相窥视的游戏。大桶在令人难以觉察地旋转，犹如缓慢旋转的星空。安吉开始时觉得腰酸背疼，时间久了，便渐渐适应了，反倒觉得那是一种新鲜有趣的生活。父亲两次遇险，随后又有车夫的死亡和大水车的崩塌，她起初还感到心惊肉跳，但见父亲每次都安然无恙，就觉得他肯定跟自己一样，拥有不死的大能，心中顿时感到无限欣慰。

她的所有生活必需品由霍皮亲自送进神庙，包括食物和家居用品。出乎意料的是，自从上次行刺大祭司以后，霍皮再也没有碰过她的身子，转而变得毕恭毕敬，不敢再越雷池一步。他小心地服侍女神，呵护她的一切，俨然是她的家奴。他为她点燃牙买加香烛，传达提佐克对她的崇敬，还除掉面具，当面教她学习宗教仪轨，研习羽蛇神教的漫长历史。大祭司以这种方式柔软地控制安吉，令她没有厌恶这种软禁，反而渐渐有了一种不可言说的喜悦。尽管如此，她还是坚持面朝墙壁，以自己的后背去招待霍皮，对他冷若冰霜，连眼皮都不曾抬起。

对于安吉而言，也许火刑事件只是一场误解，霍皮此刻的全部作为，也许是在尽力忏悔，弥补那个严重的过失。她开始为自己的鲁莽行为后悔，怀疑自己性情过于刚烈，居然会用别针去行刺一个好人。她下一步该做的，就是以女神的名义宽恕对方的错误。但过了一会儿，她又会掉头怀疑霍皮善于伪装，像一个高明的戏子。“他为什么对我这么好？他有什么不可告人的目的？他到底想要从我这里得到什么？”她在猜疑和自责之间剧烈摆动，并因这种撕裂而感到持续的疼痛。

又过了一个多月，霍皮上完神学课后正要离去，安吉终于按捺不住，转身追问霍皮说："你明天还会来再来吗？"但霍皮笑而不答，指一下墙上的铃索，示意她有事可以向卫兵求助。霍皮走了，此后整整七天都没有出现。安吉开始焦虑起来，感到自己被一种华丽的孤独所笼罩，心中涌出了难以言喻的忧伤。她知道，自己对大祭司产生了强烈的依赖感。先前，她是他的肉身囚徒，但到了最后，她竟成了他的精神囚徒。哦，他肯定是个好人，他的姿容如此雄壮，声音又如此富有磁性，令她的眷恋变得势不可当。

霍皮正在试着使用新策略去提升自己跟安吉的关系。他故意躲开安吉，通过长老会颁发新法规，要求提佐克居民从即日起，必须轮流前往礼拜塔朝圣。这是一种新的宗教仪式，每天凌晨天还未亮，人们就开始在六角大楼外排起长队，等待朝拜女神时刻的到来。钟声第一次敲响后，他们就在警察的严密监视下，依次穿过庭院，走上旋梯，跪在透明的水晶墙外向她行礼，安吉则坐在神庙中间，竖起左手的大拇指、食指和中指，用"羽蛇神手印"为朝圣者祝福，而后，他们将心满意足地离去，背负着浩大的神恩。这类游戏每天都在进行，长度约为半个提佐克时辰。羽蛇神的意象何其美好，消解了关于生命和死亡的恐惧，而安吉的容颜和微笑如同天使，成了提佐克人的精神鸦片。提佐克流传着一个家喻户晓的谣言，说是只要被安吉女神祝福，任何疾病都会烟消云散。

作为女神的代理人，霍皮守候于礼拜塔底层的入口处。他身穿镶金的法袍，坐于宝蓝色帐篷之中，表情倨傲地接受朝圣者的跪拜，朝圣者须从他面前经过，并且先要向他行礼致敬，才能登上旋梯，去朝觐伟大的女神。霍皮试图以这种方式向提佐克人重申他的威权：他是女神和子民之间唯一使者，得罪他就是得罪女神，并会得到羽蛇神的严惩。

问题的焦点在于，从大祭司面前走过，人们往往需要极大的勇气。有的居民在他跟前会怕得发抖，甚至站立不稳，跌倒在地。这时，警察就会以“心虚罪”将其逮捕。在霍皮修订的法典里，无罪者是无所畏惧的，而恐惧是因为心虚，因此恐惧者必是隐藏的罪人，须按其恐惧心虚的程度定罪。诸如在大祭司面前吓瘫这类举止，应划入重罪，一旦被发现，就会立即处死。自从朝圣仪式启动以来，已经有三十多名失态者被当场砍下了头颅。他们的尸体，不可被执行导灵，而是直接由清理者送到城门口，再由采集者带到城外乱坟岗进行集体掩埋。霍皮微笑着注视这一切，如同在观看街头演剧。他从不在庭院里当众演说，也不当场下达杀人的命令。他始终保持着王者的缄默。

关于墨尔斯两次遇刺的消息，在大桶和各个酒馆里不胫而走，但解释却五花八门，其中最令人信服的说法，是称那些死者其实都是得罪过羽蛇神的罪人。现在羽蛇神正在提佐克寻找一百名罪人，并要在下一个提佐克年到来之前，把他们全部带走，而霍皮拥有这份死亡名单，所以他可以代行神意，决定人的生死。这类谣言大大巩固了霍皮的地位，令他的权力变得更加令人惊骇。这正是霍皮双面统治术的秘诀——安吉负责提供希望，而他负责剥夺希望。

墨尔斯长老诞生记

1790年3月6日—20日

提佐克城，长老会议事厅——小酒馆

20日这天，长老会为墨尔斯举行了就职履新仪式。这是非凡而庄重的时刻，议事厅里点起几十盏镀金油灯，圣香缭绕，弥漫着一种令人兴奋和昏睡的双重气息。在霍皮圣像的旁侧，已经加上死亡女神安吉的新像，以矿物、植物和海洋生物制成的高级颜料绘就，出自著名画师之手，令安吉看起来显得更为成熟、雍容和华贵，越过细绒棉布的柔软表皮，放射着女神般的光芒，令沉闷的会议厅变得异常明亮。

几乎所有长老都出席了这场仪式，就连两位一百七十岁高龄的元老级长老，都破例坐在特设的席位上，他们老态龙钟，而且耳目俱塞。这是史无前例的状况，它令现场的气氛显得更加隆重。但大祭司霍皮没有到场，他在刻意回避这种场面。墨尔斯自身的传奇以及他跟死亡女神的血缘关系，已经成为全城热议的话题。提佐克的长老会存在无数年了，它是贵族们商议大事的唯一机构。但这些年来，由于大祭司霍皮的擅权，长老会正在沦为神学家的附庸。没人知道墨尔斯究竟代表什么样的力量，他是贵族世界的勇士，还是霍皮神学的代理人？

墨尔斯刚进会场，议事厅里就出现了一阵骚动。他身穿丹娜为他精心缝制的黄色长老服，头戴红黄相间的束发带，长发飘飘，威仪堂堂，几个崇拜他的长老站起身来，向他高声致敬，就连霍皮派的长老们也站起身来，做出举手欢迎的姿势。童颜鹤发的首席长老头戴鹰首帽冠，手持权杖，表情凝重："对于长老会来说，今天是个不同寻常的日子，因为我们即将迎接一位新成员，他是本城的神秘人物，也是伟大的导灵者和药学家。我们接纳死亡女神的父亲，是对提佐克法典的遵从，但更为重要的是，这位新人将有助于提佐克贵族团体的神性。"

墨尔斯弯腰鞠躬，向全体长老致意，锐利的目光扫过大厅，然后以平稳的语调说话："感谢长老会为我举行这个庄重的仪式。我是个孤儿，从来不知道自己的父母是谁，今天由于女儿的缘故，得到了进入长老会的机会。这是我毕生中最大的荣耀。我在提佐克生活了三十年，我目睹了这座城市的变化，我知道的一个基本事实是，贵族缔造了这座伟大的城市，让它在羽蛇神的庇护下生长，没有被阿兹特克和西班牙人所吞没。”

长老们纷纷以跺脚来表示赞成，地板发出一阵颤动，犹如雷声低低地滚过。

“过去的日子里，我曾经为一万三千六百三十一名死者做过灵魂导引。我一直在问自己，如果死者的灵魂需要导引，那么生者的灵魂呢？他们难道不是同样需要我们的导引吗？而另一个问题是，提佐克的灵魂呢？提佐克作为一个生命体，在走向羽蛇神怀抱之前，它的灵魂将长期存在，而它是不是也需要我们去加以导引呢？”大厅里鸦雀无声。

“我认识你们中的大多数。你们是提佐克的精英和骄傲。我愿意跟你们站在一起，加入到对城市灵魂的导引中来，跟一切企图毁坏提佐克的力量战斗。”墨尔斯逐渐提高声调说，“我是一个无德无能的人，我没有为它做过太多的事情。现在我终于有了一个机会，能够跟你们并肩作战，为提佐克的灵魂，为提佐克的未来……”

墨尔斯的演讲被欢呼和跺脚声所淹没。由于女人不能进入大厅，丹娜只能坐在走廊上等候，但她听见了大厅里的声浪，就连站在门口的老卫兵都面带微笑，仿佛见到了一道新纪元的光线。他对丹娜说："我在长老会看门这么多年，从没见过这么让人开心的会议。"丹娜冲着老卫兵微微一笑，露出了自豪的神情。

就职仪式结束了，墨尔斯没有出席此后的例会，而是跟丹娜一起，到附近一家有名的"波浪"小酒馆喝酒，想在那里低调地庆祝一下。酒馆的老板认识他俩，殷勤地招呼他们，把他们引到一个光线阴暗、避人耳目的角落。

墨尔斯要了一小罐"月光香荚兰"，那是当年他们定情时喝过的美酒。墨尔斯说："宝贝儿，你还记得我当初跟你说的吗？我一定会成为提佐克的真正主人。"

丹娜一边饮酒一边抿嘴笑道："嗯，我还记得，我更记得你当时急着要做我主人的样子。"

墨尔斯温存地凝视着丹娜："虽然我做了你的丈夫，但你才是我真正的主人。"

丹娜吻了一下他的脸颊："好吧，就算我们是彼此的主人吧。"

墨尔斯说："我进长老会后的第一件事，就是要把安吉弄回家来，否则，我又有什么资格做这个家族的主人？"

丹娜疑惑地问："那我们该怎么做呢？"

墨尔斯说："我们先去看看安吉吧，然后再决定做什么和怎么做。"

丹娜心中藏抑的伤痛，这时再度涌上心头："是呀，再不见到她，我会死掉的，可是我很害怕在朝圣者中间排队。我不想看见霍皮的嘴脸。"

墨尔斯紧紧握住她冰凉的手："我来安排一下，看看能不能走特别通道。"

丹娜满含期盼地望着墨尔斯，眼泪禁不住又流了下来。她无法终止对女儿的思念，更无法摆脱跟女儿永诀的预感。她看见自己面前有一堵难以逾越的高墙。

第四章

墨尔斯之战

大祭司的惧怕

1790年3月20日

提佐克城，礼拜塔——护卫者总部——神庙

墨尔斯进入长老会的当天，霍皮经历了一场掌权以来最大的危机。朝觐仪式即将结束，恰逢正午时刻，钟声第二次响起，一名刺客突然从井然有序的居民行列里跃出，拔出一把精钢打制的西班牙砍刀，奋力杀向霍皮。警察们猝不及防，一时都愣在现场。

霍皮起身躲避，但闪亮的刀锋已经砍到。霍皮头向左一偏，刀落在右肩上，霍皮负痛踢出右腿，刺客向后倒退了几步，再次挥刀冲上前来。

这时，霍皮的随从开始醒悟过来，两名卫士和三名警察同时刺出黑曜石长矛，刺客身中数枪，踉跄地朝前迈了两步，无力地倒在地上。

霍皮捂着肩头尖声喊道："不要杀死他，我要口供。"刺客瞪了他一眼，一言不发，倒转刀刃，在自己脖颈上狠命一割，当场气绝身亡。

霍皮的肩伤并不严重，刺客制造的刀口虽深入肌肉，却没有触及筋骨，但他所受的惊吓，远甚于皮肉之痛。他突然发现，自己比任何提佐克人都更为恐惧。他下令将现场二十多位朝圣者全部处死，以免走漏消息，同时下令下属对尸体及随身物品进行反复查验。

霍皮不知道刺客究竟是何方神圣，又是受了谁的主使。突袭的谋划看起来极为严密，滴水不漏，令他感到毛骨悚然。大祭司这回真的被吓到了，疑虑和惊骇变得愈来愈深。包扎好伤口后，他返回六角大楼里的特别住所，开始召集他的助理祭司们。他需要重新估量提佐克的时局，并全面调整自己的政治策略。

霍皮有四处居所，一处是神庙，那是他用来进行公共表演的舞台；第二处在大桶顶层，是他的真正"官邸"，但他却很少光临，因为那里路人皆知，很容易成为敌对分子袭击的目标；第三处就是伪装成客栈的"塔缇娜"，它最为隐蔽，除了几个贴身护卫，无人知晓，是他跟情妇们偷欢的仙窟；第四处位于六角大楼的护卫者总部，它是霍皮的指挥中心，戒备森严，所有助理祭司和护卫都在这里工作，含有卧房、办公室、图书馆、酒馆、青楼和地下献祭厅，形成办公、执行、娱乐和睡眠一体化的格局。霍皮喜欢发号施令，从那里推销他的权力意志。

大祭司的指挥中心，位于六角大楼第三区的三层。它外表上跟其他行政机构毫无区别，为了谨慎起见，也没做任何文字标识。宽大的屋子四周都是镶玉的黄檀木书架，其上放有各种尺寸、质料（牛皮、羊皮、鹿皮、莎草纸、混合草纸、细麻纸）和语言（西班牙文、丘克亚文和玛雅文）的图书，在屋子中央，是一张镶有象牙、海贝和珍珠的巨大木床。霍皮斜靠在铺着美洲豹皮的床上，脸色苍白，神情有点颓丧，但他很快就变得亢奋起来，向那些跪在地上的助理祭司们大发雷霆。

“你们这些猪，居然会让一个刺客得逞，而且还查不出他的来历！”他怒气冲天，嗓音变得尖亢起来，“给你们三天时间，务必要查出主使者来。”

他的贴身秘书、首席助理祭司特里奥说：“刺客身上有一个刺青符号，有点像西班牙文的‘Ě’。我们还没弄清这个符号的意思，怀疑跟西班牙人有瓜葛。”

霍皮死死盯着特里奥：“你能肯定这是西班牙人干的？”

“有这可能，刀已经拿给采集者看过了，只有西班牙人才使用这种钢刀。假如是这样的话，他们应当已经知道提佐克的存在。我担心的是，西班牙的大军，很快就会越过森林，向我们发动进攻。”

霍皮冷静下来，沉吟了片刻，忽然冷笑一声：“西班牙人？你难道没有看出来这是明显的圈套？刺客故意使用钢刀，又在身上留下记号，要把我的视线引向西班牙人，这倒是反过来提醒我，我必须反向思维，首先排除西班牙人。他们肯定不是我的敌人。敌人就在提佐克城里，就在我的身边！”

另一位光头的助理祭司巴克说：“刺客会不会跟墨尔斯有关？提佐克最恨您的人，非他莫属。”

霍皮仰脸想了想，笑了起来：“墨尔斯，这呆子居然还有这份能耐？”

光头巴克继续进言说：“大人，我的人一直在监视墨尔斯，虽然没有找出什么破绽，但是这反而是一种破绽。他掩蔽得太好了，看起来完美无缺，就像是一个出色的演员。”

霍皮眼睛眯成一道细缝，一句一顿地说：“好吧，继续盯紧他。我们失败了两次，第三次一定要得手。另外，提佐克人口太多，已经超过了负荷。我们要用特殊手段进行清洗。”霍皮提高了语调，对全体随从大声说，“你们要扩大指标，拟定一个完整的名单，把那些不忠诚的、背后发牢骚的、有逃亡企图的，还有老弱病残的，全部罗列出来。我们要花三到六个月时间，把他们清除干净。这是羽蛇神的最新旨意，他要我们捍卫提佐克的纯洁性。”

霍皮又阐述了变革死刑方式的意义。他下令发明一些新的死法来让那些坏蛋感到害怕。除了火刑（霍皮认为过于浪费）和枭首刑，还要增加集体投石处死、剥皮处死或者放在油锅里煮死的方式。这些刑罚出自一本叫作《羽蛇神的嘉奖》的手册，它由一名阿兹特克刽子手口述，又由另一名西班牙作家以丘克亚文记录而成，其间收藏了各种奇奇怪怪的刑罚方法，残暴而粗鄙，充满了对身体痛苦的非凡想象。每次阅读它时，霍皮身上总是涌起一阵强烈的动物性快感，就连下体都会变得坚硬起来。

趁着霍皮说话的间隙，特里奥赶紧报告说，制造者发明了一种新款龙舌兰酒，是提佐克有史以来最美妙的酒品，并将以霍皮的名字命名。这对于嗜酒的霍皮而言，算是一个比较中意的消息。他暴怒的表情变得柔和起来，他要求在指挥中心腾出一个房间，以便陈放这些刚刚诞生的佳酿。

助理祭司们在分别领受霍皮的指令之后，匍匐在地，依次亲吻他的脚面，倒退着爬了出去。屋子变得静寂下来。霍皮开始感到肩伤所发出的阵痛。他的内心充满愤怒和复仇的意志，但随后就被强烈的虚弱感所淹没。他无力地躺在床上，喝着美酒，随手翻阅一本带有大量插图的《圣王床帏事典》，想起美丽的小女神安吉。只有她能够给他神圣的能量，让他成为伟大的王。

“哦，这个奇妙的女人！”他在疼痛中想，而后便昏睡过去。

洛伦佐十五世的梦想

1790年3月30日

永动机帝国，洛伦佐十五世的密室

洛伦佐十五世此刻正独自坐在屋子里沉思，被无边的黑暗所包围，却能洞察秋毫，辨认出最细微的声响和气味。在他跟地面世界之间，存在着一种令人难以置信的密切关联。这是被家族律法所认可的。为了捍卫这个地下世界，他必须通过某种系统性组织，及时觉察地表世界的变化，防范那种可能发生的入侵。

洛伦佐十五世亲自组建了一个特别小组，名叫“十三帮”，它的成员是十三位姿色和智力俱佳的地表女子。她们混迹于提佐克居民之中，物色那些不同层级的男人，以黄金、美玉和罕有的奢侈品为诱饵，收买和拉拢他们，让他们按期提供情报。而“十三帮”负责收回情报，在分析整理之后向洛伦佐十五世报告。

跟霍皮有所不同的是，他的“十三帮”虽然都是女性，但她们只出卖情报，并不出卖肉身。她们楚楚动人，灵魂洁净。最近这些日子，“十三帮”不约而同地报告了提佐克时局的恶化，以及霍皮和墨尔斯斗争的激化。这些多管道消息让他感到不安，因为提佐克的每一次风吹草动，都会对鼹鼠人世界产生影响，甚至可能具有颠覆性意义——要么更加美好，要么彻底完蛋。而洛伦佐家族的决策永远是消极的，它不过是一种对地表世界变化的被动反应。他很早就发现了这个难以纠正的决策困境，并努力向他的羽蛇神祈祷，以求取他的旨意。但在绝大多数情况下，羽蛇神保持了沉默。它拒绝干预洛伦佐家族的日常事务。

昨天他去家庙祈祷时，却发生了一个意外，因为羽蛇神突然开口说话，它的声音在黑暗里回荡，音量很轻，却像雷霆贯耳。羽蛇神警告说，提佐克正在腐烂变质，虽然他们中的好人正在努力自救，但他对此并不抱什么指望，因为即便他们逃过这场浩劫，还是无法逃过下一场更大的灾难。这是提佐克城的宿命，就连羽蛇神本人都无法改变。他还说出一个更重要的消息，那就是神界的时空隐喻法则已经发生改变。从下一个世纪开始，时间将不再是一种平面和二维的运动，而是跟空间发生对换，变成垂直和纵深的运动。羽蛇神说，洛伦佐家族必须遵从这个改变。

洛伦佐十五世坐在低矮的软榻上，反复思量这个玄妙的神谕，突然间恍然大悟。提佐克的巨大时钟结构，是弧线循环的二维结构，而家族所从事的辐射状隧道开掘，是直线的二维结构，它们虽然有所区别，却同为时间的隐喻。但在不久的未来，时间表述的法则将与空间对换，这意味着他的家族必须从平面运动转向垂直运动。有趣的是，垂直运动具备两个不同的向度，朝上是大地和天空，它们不属于盲眼家族，所以唯一的运动方向，只能是朝下，朝下，朝下！伟大的神哦，这是一场何等巨大的变革呀，从今往后，他必须率领家族改变拓展方向，朝着大地的最深处进发。

但洛伦佐不能放弃对正义提佐克的承诺。他必须出手帮助他们渡过难关，从霍皮手里夺回权力，只有这样，他才能赢得改写路线图所需的时间。他知道，霍皮一旦掌握所有权力，就会把空间拓展的方向转向天空和地下，而到了那时，洛伦佐世界就将被人发现和摧毁。他的王国如同蚁穴，却只有工蚁而没有兵蚁，所以它比蚂蚁帝国更加脆弱。

他长叹一声，轻轻拍击手掌，叫来了忠诚的女佣，让她扶着自己上了轿车，朝水晶厅驶去。他要在那里召集家族高层会议，向他们转达神的旨意。他知道，这个转型决定，将在整个家族中掀起惊涛骇浪。

老豹子和他的女人们

1790年4月26日

提佐克城，波浪酒馆

这些天以来，清理者运出的尸体数量，大大超出了往常的数字，老豹子借助自己掌控的系统，敏锐地觉察了这个危险的变化，因为死者必须通过采集者转运到城外，并掩埋在位于提佐克和森林之间的墓场，这意味着霍皮正在加紧屠杀，一场血腥的战争已经打响。

老豹子没有告诉墨尔斯，他就是那次刺杀行动的幕后主使。他需要一个干净利落的方案来结束霍皮的暴政，而没有任何方式比暗杀更加简洁明快。只是他派出的杀手技艺不精，未能击中要害，反而送掉了性命。“所有的牺牲者都会被载入史册，他们的生命绝不会浪费！”老豹子坐在“波浪”小酒馆里，一边独自喝酒，一边怅然。他痛切地感到，解决霍皮并非像他预料的那么容易，他应该调整思路，弄出一个更周全的方案。

作为浪漫诗人、音乐家、密谋者和奸细的云集之地，“波浪”酒馆不仅有提佐克最古老的酒品“月光香荚兰”，而且还有无数招蜂惹蝶的美女。老豹子坚持认为，这里是提佐克最有趣的风月场所。他终生未娶，始终保持单身，却有过数不清的情人，其中至少有十七个情人，就是在“波浪”里“邂逅”的。这里既是他跟人接头和交换资讯的密室，也是他猎色的丛林。此刻，他坐在自己的固定座位上，醉意蒙眬，东张西望，打量着那些丰乳肥臀的艳妇。酒馆老板对手下伙计挤了挤眼睛：“瞧，老豹子又在打猎了！”

一个身材丰腴的女人，佩戴玉石珠串，以挑逗的姿态朝他走来，身子紧挨着老豹子坐下，从古铜色的性感肌肤下面，渗出了浓郁而绵长的香气。

老豹子浑身散发出酒气，跟女人的香气密切地缠在一起：“宝贝小鼹鼠，我等了你五百年。”

女人说：“你这死豹子，你身上有几个圈，就有几个女人。等我？还不知你又掉进哪个女人的勾魂圈呢。”

老豹子哈哈一笑：“不是宝贝儿你的圈，那还能是谁的？”他扫了一下四周，然后压低嗓子，“你跟他们联系上了吗？”

女人点点头，拍了拍着他满是皱纹和胡楂的脸颊："你该怎么谢我？"

老豹子说："我需要跟他们面谈，地点由他们定，时间由你安排。"

女人眉清目秀地笑了起来："你欠我的账，日后该怎么还呢？"

老豹子把女人揽在怀里，以披肩上的羽毛轻抚她的手臂，对她轻声耳语道："你看，我用命根子还你，怎么样？"

女人转过脸来，含嗔看了他一眼："去吧老东西，我才不属于你的圈子呢！"她一把推开他，起身扭腰走出了酒馆，身后留下了一阵余香。老豹子怔怔地望着她的背影，猛饮了一口，怅然若失，眼神迷茫，仿佛回到往昔的浪漫岁月。在革命成功之后，他的确应该考虑改变一下生活方式了。也许，有个固定的女人陪在身边，未必是一件坏事。

团聚时分

1790年6月3日早晨

提佐克城，神庙——广场

墨尔斯使用长老特权提出申请，通过礼拜塔下的另一个入口，利用居民朝拜前的短暂片刻，去跟安吉秘密见面。出乎意料的是，大祭司霍皮爽快地批准了这个请求。这令墨尔斯有些意外。直觉告诉他，在霍皮同意的背后，必定有所图谋。但他顾不上揣摩霍皮的心思，因为会见的时刻已经近了。

那是一个新的黎明，年度的雨悄然到来，中美洲第一场飓风在远处盘桓，它的尾部掠过热带雨林和提佐克城。风在大地上低低呼啸，撼动着大桶里的所有窗户，天上下起淅淅沥沥的小雨，被洗濯过的石板路面反射着晨曦的微光。提佐克还没有结束沉睡，但墨尔斯很早就醒了，在查阅过《提佐克奥义书》之后，他就叫醒丹娜和波波卡，一家三口经过一番精心打扮，心情复杂地上路了。

从大桶走到礼拜塔，几乎没有遇到什么行人。只有三个巡夜的士兵，跟他们目不斜视地擦肩而过。看起来一切都还算正常。有人在礼拜塔下等候，为他们依次打开每一道门锁。波波卡暗自数了一下，仅仅在底楼，守门人就用了五把钥匙。登上狭隘、阴暗和陡峭的旋梯之后，他们站到一个宽阔的平台上。看守轻轻叩响厚重的木门，用钥匙依次打开上、中、下三道门锁。波波卡伸手轻轻推开房门，只见安吉站在神庙小室的中央，身穿白色睡衣，冰清玉洁地站着，满脸都是惶惑和惊喜。

安吉冲上去抱住母亲丹娜，一句话都说不出来。眼泪像珠子一样滚落下来。墨尔斯在一边搓手，一边叹气，傻傻地笑着，有点儿魂不守舍。波波卡好奇地打量着珠光宝气的神庙内部，被它的奢华和精美所震撼。

丹娜哭了一阵，才想起来问安吉："你过得好吗？"心里知道这是一句无用的废话。安吉也哭着问："妈妈和爸爸好吧？"丹娜点点头。安吉说："我看见爸爸了。"丹娜捂住她的嘴，指了指门外。安吉又说："我好想你们！"丹娜轻抚安吉的脸说："你受苦了……"安吉突然失声恸哭。

墨尔斯轻轻分开母女俩，把安吉带到一边，低声问道："你想离开这里吗？"安吉含着泪点点头。墨尔斯低声说："耐心等等，我会把你弄出去的。"波波卡在一边说："我要让你变成长翅膀的天神。"墨尔斯随即故意放开嗓门说："家里一切都好，你就安心在这里吧，提佐克人民需要你的服务。"

安吉点点头，转身把一件硬物塞进丹娜的手心，对她说："你们走吧，朝拜马上就要开始了。"墨尔斯也把一个布包塞到安吉的手里，朗声说："我们走，不要妨碍别人。"于是他们一起走出了神庙。听见门在身后沉重地闭合，丹娜心如刀割，突然有一种不祥的预感。走下旋梯时，忍不住偷看一眼手里的东西——那是提佐克的圣物、一颗大如鸡卵的红宝石，在黑暗里闪闪发光，犹如安吉的眼睛，传说它是羽蛇神的眼泪所化。

在门的另一边，安吉看着大门被砰然关闭，心头剧烈颤抖起来，仿佛这是一次永诀。她流着泪打开墨尔斯塞给她的布包，发现里面藏着一把黑曜石短刀。她一眼就认出来，那是父亲随身佩戴的祖传宝物，但多了一只镶金丝的牛皮刀鞘。她拉开刀鞘，握住白玉刀柄，看见黑色刀背在灯下灼灼闪光，一股热流从刀上传入手掌，再传到手臂，最后传遍了全身。她的脸涨得通红，连忙把刀插回刀鞘，一切又都恢复了常态。安吉想，父亲的用意，一定是指望她在危急时刻用来自卫。一想到悲剧还远远没有结束，她忍不住再次啜泣起来。

墨尔斯走出礼拜塔时，雨势已经变大，乌云在头顶上翻滚，雷声隆隆，狂风大作，天色昏暗得犹如黑夜。他们正要叫一辆马车，却看见成群结队的野猫，站立在雨地里，发出婴儿般的凄厉叫声，成千上万条蛇盘桓在树上、路面和草丛里，昂首吐信。白斑乌鸦又一次出现了，它们伫立在灯柱、屋檐和石像上，羽色油亮，雨水根本无法打湿。一道闪电击中礼拜塔的顶端，大钟发出经久不息的轰鸣，犹如丧钟正在敲响，人们惊慌失措，在暴雨中四散狂奔。

墨尔斯一家都被雨淋湿了，他们愕然站立在街头，疑惑地看着这场突变，好像再度目睹了安吉生日时的一幕。这完全不符合事情的逻辑，墨尔斯想。他挽着丹娜，从猫蛇云集之处穿过，波波卡紧随其后。但奇怪的是，他们所到之处，众猫便停止叫唤，默然注视着他们，而彼此纠缠的蛇群则为他们分开，腾出一条小道，好像遇见了某种神圣的事物。环形闪电在墨尔斯身后跳跃，将三人的身躯勾出白亮的轮廓。在雷声隆隆远去的同时，一种若隐若现的音乐在天空上鸣响，犹如仙乐。大多数提佐克居民都听到了这种天籁，它稍纵即逝，却成为许多人的永久记忆。

霍皮的床帏秘密

1790年6月3日上午

提佐克城，护卫者总部——神庙

异象大爆发的时刻，霍皮还没有醒来。昨晚他一边纵酒，一边跟女人通宵达旦地做爱，到黎明方才入睡。他招来两个女护士，为他做阿拉伯式的精油按摩，同时清理一下他左肩的创口。虚弱感支配了他，使他感到前所未有的无力和孤独，但女护士婉转温热的手势，点燃了他狂热的欲望。他开始轮番奸污这两个女人，在她们嘴里撒尿，逼她们饮下，用皮鞭抽打她们的臀部，让她们发出撕心裂肺的惨叫。这种施虐游戏缓解了霍皮的焦虑。性交是一种提佐克祭司的悠久传统，它起初是为了提升提佐克的人口指数，而现在则变成大祭司自我按摩的疗法。

一切都在黎明时分结束。他拉了一下铃索，几条大汉进来，把女护士用麻绳勒死，拖出门外，在那里仔细绑好（据说那样做是为了防止死者复活索命），而后抬到楼下，扔进一口叫作“羽蛇神之家”的深井，把她们变成失去肉身的枯骨。除了那些女密探兼性奴，所有被霍皮临时征用的女人，没一个能活着走出这座楼房。

暴风雨来临时，霍皮陷入了古怪的噩梦之中。他梦见自己变成一条巨蟒，盘桓在高山的巅顶，一群猎人从树上跃下，向他射箭，他张开大嘴，吞噬了其中几个，但猎人越来越多，他们的武器变成了长矛和火把。霍皮有些畏惧，他试图逃走，但其中一个猎人用手抓住他的身躯，并且把他撕成了数段。他回头一看，那个人正是墨尔斯。他狠狠盯着霍皮，脸逼得很近，几乎贴近他的鼻子，还面带哂笑，露出洁白而宽大的牙齿。

霍皮被这场噩梦吓醒了，浑身大汗淋漓。他知道自己陷入了一种恶性循环：他要用杀人来抵消恐惧，但每次杀人之后，恐惧经过短暂消退，总是会卷土重来，而且变本加厉。他无法摆脱这种吸毒式的残暴。对于霍皮而言，他唯一的执念来自羽蛇神。他坚信自己是羽蛇神选中的祭司，杀戮不仅是权力游戏的一部分，更是为了向羽蛇神提供优良的祭品。

特里奥在外面轻声而急促地敲门，然后进屋报告了今晨发生的事变。霍皮听过之后，懊悔自己起身太晚，没有亲眼见到那些异象，但他可以想象民众由此产生的震惊。他原先违背心愿，批准墨尔斯朝拜女神，是为了讨好安吉，向她炫耀自己的仁政，但现在他惊恐地意识到，安吉家族拥有一种共同法力，一旦彼此联手，他的下场就会很惨。为了弥补这个疏漏，他坐在床上起草了一道新政令，以避免惊扰和触怒羽蛇女神为由，立刻停止一切登塔参拜活动，以后的一切祭拜，须以民众大会的方式进行。他决定长期囚禁安吉，让她完全与世隔绝，成为笼子里的宠物。由于担心安吉精神失控，他又下令给女神送去一头精心驯养的鹦鹉和一只迷你型的无毛犬。然后，他进入了狂热的阅读状态。

霍皮饮酒、做爱、办公和读书都在床上。床是唯一让他感到安全的场所。另外，他还需要用一个最舒适的状态，从那些古代圣典里获取智慧。跟提佐克以往的统治者不同，霍皮是一个崇智主义者，他确信书里隐藏着权力的所有秘密，而底层民众之所以愚蠢，就是因为他们不识字，无法从书籍里获取必要的密码。霍皮卧榻的样式，很像一本很厚的大书，他的被褥是书的封面，床单是书的扉页，其上以玛雅文绣着“提佐克的大神”字样。这行字只有霍皮和他的情妇们才能看到，但情妇们都被杀死了，因此只有霍皮本人掌握着这个符咒的秘密。他每天都躺在它的上面，让符咒在体温下变暖。霍皮有时能感觉到，那些字母在他身下活了起来，轻舔着他的后背和臀部，令他愉快得毛骨悚然。

霍皮认为墨尔斯是高明的巫师，他必须尽快从书上找出消灭这类敌人的办法。一本叫作《卡里卡巴灭巫记》的古书，把巫师分为十七个大类、五十四个小类，共七百六十九种类型。大多数巫师可以直接杀死，但有少数巫师须用魔法才能消灭。霍皮由于不会魔法，无力杀死墨尔斯。但这本书上提到，大巫师也有自己的弱点，比如他的家人（假如他有家人的话）。杀死巫师的家人，会严重削弱巫师的法力，令他们丧失防御的能力。撰写这本书的作者，是一位自称前巫师的盲眼作家，他曾经杀死一位法力高强的巫师，采用的就是这种“旁敲侧击”的方式。霍皮有如醍醐灌顶，终于知道自己该怎么做了。

女神与霍皮的那件事儿

1790年6月3日夜晚

提佐克城，羽蛇神庙

夜晚降临之际，霍皮出现在礼拜塔神庙的门口。他大步走进神庙，红光满面，神采奕奕。安吉女神见他进屋，全身都软瘫在法座上，心里绽放出千万朵红唇花来。

这些天以来，霍皮几乎每隔一天就会进入神庙，对女神进行秘密授课。他自称是女神的奴仆，同时也是女神的导师。不知什么原因，朝圣的仪式被取消了。虽然有可爱的鹦鹉和小狗陪伴，但她仍然感到无限寂寞。难道女神就需要牺牲自由，成为一个被关押的囚徒？她为此千百次地咒骂霍皮，希望他立即被羽蛇神带走，然后她就能走出神庙，返回自己在大桶的家园。但每一次见到霍皮，这些念头便会烟消云散。她感到自己正在丧心病狂地爱上她的绑架者。她看向霍皮的眼神，爱恨交织，温柔而又灼热，仿佛要将其融化。

霍皮表情严肃地说：“今天要跟你讲的，是你跟羽蛇神教的关联。你虽是羽蛇神的化身，却不懂得羽蛇神教的法理。羽蛇神是所有神祇中最伟大的，他要让我们超越生命中最大的恐惧。提佐克拥有世上最好的羽蛇神教信徒，但许多年来，羽蛇神并没有特别眷顾我们，他反而远离我们，弃我们于不顾，直到你出现为止。你让提佐克人懂得，羽蛇神并没有离弃我们，而是重新回到我们身边，化身为美丽的少女，向人揭示死亡的终极意义。你现在要做的，就是接受提佐克人的崇拜，并让这种崇拜永远持续下去。”

女神心不在焉地听着，见霍皮打住了话题，似乎在期待她的反响，便迟疑地问道：“为什么这种崇拜需要一个被关起来的女神呢？为什么我不能跟自己父母在一起？难道女神就不能过凡人的生活吗？”女神的眸子里，露出了无限困惑的表情。

霍皮语调温存地解释说：“这不是囚禁，而是神祇的自我修炼。全世界的神都住在自己的秘所里，这就是神总是来无踪去无影的原因。对你来说，神庙不是囚室，而是道场，你还年轻，身上染有凡人的气味，你还处在那种半神半人的状态，你需要在这里继续修炼，摆脱对一切俗世的依恋，直到完全成为神祇为止……”

女神伸手轻抚小狗光滑的皮毛："你是说我应该彻底摆脱人性吗？"

霍皮微微一笑："神性和人性，只有一步之遥。你的父亲和母亲，不过是你肉身的历史，而你应该属于神灵的世界。只要你待在神庙里，你的神性就会飞速生长，一直长到天上，跟天神融为一体……"

霍皮又说了很多很多。女神听得不是很明白，但她似乎有一种被说服后的解脱，而这已经够了，她看着霍皮那柔软的嘴唇，它在性感地翕动，唇红齿白，上面长着浓密的髭须，他的声音犹如魔音，每个字都在齿尖闪光，手指般叩击着她的肌肤。女神懂得，她是大祭司的女神，但他也是她的男神。她忘却了她被烧死的场景，忘却了父亲跟羽蛇神的两次狭路相逢，忘却了母亲的挚爱与忧伤。她瞳孔放大，神智开始恍惚起来。她起身走到霍皮身边："我想看看你的伤口好了没有。"她掀起他的袍子，怜惜地轻抚霍皮的下体，继而热烈地吻他，然后瘫倒在他身上，看着他的五官在自己眼里融化，变成一团不可捉摸的雾气。霍皮顺水推舟，抱起女神轻盈的肉身，放在床上，为她宽衣解带，狂乱地响应着来自女神的召唤。

实验室风波

1790年8月9日

提佐克城，药剂实验室——大桶墨尔斯家

墨尔斯已经放弃他在导灵室的工作。死亡的居民越来越多，而且大多死因不明。生与死的人口平衡已被打破。提佐克城内谣言四起，隐约指向一个所谓黑暗势力扶植的“地下杀手组织”。墨尔斯以身体不佳为由，拒绝继续为那些无辜的死者导灵。他们的灵魂充满愤怒和怨恨，根本无法用导灵来达成和解。相反，每一次导灵，死者的临终痛苦就会压在他身上，令他感到窒息。

墨尔斯把绝大部分时间都花在医院实验室里。他日复一日地忙碌，加紧几种巫药的炼制。他预感霍皮不会留给他太多时间。他的一号药是老豹子的订单—— 一种凶猛的箭毒，曾经被人偷走一半，现在他必须补足药量；二号药是用来投放在居民饮水里的蒙汗药，到了关键时刻，他将借此达成逃亡的目标；三号药专为丹娜所制，那是他献给爱妻的驻颜灵药，只要连续涂抹三个月，就能令容貌重返他们第一次相见时的模样，犹如时光倒流。

这天午后，墨尔斯完成了最后一剂巫药的调制，但他还须履行最后一道加持手续，以便让巫药的法力可以被发挥到极致。他双膝下跪，双手放在胸前，向羽蛇神、太阳神、昆虫神和巫术女神祈祷，展开三张草纸，用玛雅文书写符咒，将其跟自己的一小撮头发一同点火烧掉，再把那些灰烬投入药液，轻轻加以搅动，然后分别倒入三个不同颜色的细颈陶罐。墨尔斯用粗麻布裹住这些罐子，在包布上加盖创伤药的印鉴，让它们看起来像是普通的外科药品，然后叫一名助理送往老豹子的住处。

做完这件事之后，墨尔斯感到了释然。他开始收拾那些到处乱放的书籍。在他最迷惑的时刻，这些典籍给予他极大的启示。无论今后发生什么事变，他都不能遗弃这些亲密的图书。就在这时，特里奥带着另一名助理祭司突然进屋，向他传达霍皮的命令，要他立即结束实验室工作，把永生药的研制移交给助理，到长老会正式报到。

墨尔斯心中一凛，知道霍皮要彻底剥夺他炼制巫药的权力。但转念之间又感到了庆幸，因为就在刚才，他已经送走那些关键药物，所以至少在目前阶段，他不再需要药剂实验室了，于是他坦然一笑："好吧，我整理一下图书后就走。"助理祭司坚持说："不用了，让他们替你收拾吧。"墨尔斯有些愠怒，却依然不动声色："那好，我这就走。"

墨尔斯走出屋子，转过身来，满含依恋地回望了一下。他在这里工作二十多年，为它长出了两鬓白发。它就像自己的半个家园。实验室助理们都等在门外，显然都听说了他的离职。他跟他们挥手道别："我被调去长老院工作，但我还会回来看你们的。"他故作轻松，试图缓解紧张的气氛。一名年轻的女助理低声啜泣起来。墨尔斯勉强露出一丝笑意："哭啥？小傻瓜，又不是给自己做导灵仪式。过几天，我想邀请你们到我新家来参加晚会，你们可都要来哦！"他顺手交出了实验室的全部钥匙。

墨尔斯就这样被霍皮逐出了实验室。他知道，一个新的转折点已经到来，他要尽快适应这种改变。他沿着内部走廊，经过学校和图书馆，来到市政厅的长老会。首席助理祭司特里奥为他打开一扇木门，里面是一个狭小的房间，放着一张涂过虫胶漆的红色桌子、一张落满灰尘的椅子，还有一个破旧的书架。"这是你的新办公室。"特里奥表情暧昧地笑道，好像在看他的笑话。墨尔斯哂笑着回敬说："请转告大祭司，谢谢他的关照，我很喜欢这里，我等待这个时刻已经很久了。"

特里奥走开后，墨尔斯开始思索自己的处境。霍皮强行把他跟实验室分离，是为了阻止他制造巫药；向长老会的升迁，显然也是阴谋中的一环，它不仅是一种职务的架空，而且可能还有更阴毒的图谋。但墨尔斯早已义无反顾。为了女儿安吉和全家，他将全力回击霍皮的挑战。

一名长老通知他说，十五天后将是新法案的讨论会，望他能准时出席。墨尔斯欣然答应。他要利用这一时机，实现营救安吉的计划。门外的走廊上，两名士兵在来回走动，却一言不发，表情漠然。墨尔斯知道，那是霍皮派来监视他的。既然大祭司已毫不掩饰自己的敌意，那他应该很快就会发起新一轮的攻击。他轻蔑地一笑，用手擦拭了椅子上的灰尘，坐下来，仔细盘算起近期的计划。身子里的预感，一直在向他发出彼此矛盾的信号，他时而充满自信，时而又忐忑不安。

丹娜的记忆

1790年8月11日

提佐克城，医院产房

今天产妇数量不多，当最后一个宝宝问世之后，丹娜突然变得空闲起来。离下班时间还早，她收拾好自己的工具，然后望着窗外，想自己的心思。最近发生的事情如此之多，她都没时间去细想。丈夫墨尔斯一直在忙于应付恶棍霍皮，儿子波波卡也关在自己屋里玩飞行器，彼此间都疏于交谈，她甚至不知道提佐克正在变成什么样子。尽管产房里一切照旧，但她本能地感到，提佐克正在腐化，变得无可救药。好在女儿逃过了死亡，获得暂时的平安。她的哭泣和笑容都让她感到欣慰。她固执地相信，作为提佐克的首席助产师，她代表了诞生和创造的力量，所以一定能把生命能量注入女儿的身躯，让她远离死亡，变得比任何人都更强大。

但丹娜并不清楚自身异能的来历。她无法解释自己为什么可以终结分娩悲剧，让所有产妇和婴儿都平安地走出产房。这在从前的提佐克是不可思议的。分娩是一种最危险的世间事务，它不仅给产妇带来窒息般的剧痛，而且极易发生血管破裂，并因大出血而触发死亡。但自从丹娜接管产房之后，这类事件便销声匿迹，再也没有出现。在提佐克生育史上，只有丹娜创造了零死亡的奇迹。她的成就超越了她的母亲、外祖母和曾外祖母，以及所有祖先的祖先。她们都是职业助产师，虽然技艺出色，却无法规避死亡。

墨尔斯曾经就此评论说，你的技艺并非来自家族传承，而是直接来自羽蛇神。但丹娜并不相信这点。她认为这一切都是巧合。她是寻常普通的提佐克女人，碰巧嫁了一位有异能的夫君，又碰巧生下一个有异能的女儿，如此而已。她是一位被神眷顾的幸运儿，占有了无数个“碰巧”。一想到这点，她的脸上终于漾起了心满意足的笑意。

“哦，我的伟大的羽蛇神，请保佑我不会有事，安吉不会有事，墨尔斯不会有事，波波卡也不会有事。”她就这么在心里默默地祈祷，指望这些天真的愿望能像气球那样飘上天空，掉进羽蛇神进餐的盘子，被神所欣然接受。

热带雨林里的秘密

1790年8月11日

热带雨林，威齐洛波契特里村

身为采集者的首领，老豹子深知他的团队给提佐克人留下的印象。它比其他任何阶层都更加独立，犹如来去无踪的雾气。采集者大部分时间在城外工作，而且出入不定，所带回的物品全部用麻布包裹，也不知是些什么东西。这种状况强化了采集者的神秘色彩。不仅如此，上层社会对外部货品的过度依赖，也使他们具有相对独立性，并获得比第四层更高的权力和尊重。

老豹子充分利用了这种职业优势。他从采集者中挑选了一些“死士”，也就是一批忠诚、勇敢、聪明和技艺超群的青年，其中也包括他自己的女婿。他领着他们走了七天路程，在森林的核心地带安营扎寨。这里地势最高，还靠近湖泊，长满遮天蔽日的果榕、雪松和望天树。老豹子计划在大树的中段以上，也即三十六肘左右的高度，建造一百间树屋，外部以茂盛的枝叶遮蔽，具有极好的隐蔽性，并以加工过的树干和藤蔓制成吊桥，将那些屋子连成坚固的空中交通网络。

老豹子之所以如此打算，是源于波波卡的飞行计划。他激赏这种胆大妄为的想法，但他懂得，波波卡只是所有渴望飞翔的提佐克年轻人中的一员，他须为这样的鸟群建造新的家园。老豹子还用蜂鸟“威齐洛波契特里”来命名这座秘密村庄，在阿兹特克神话中，它同时也是太阳神的名字。许多天来，他都被这个乌托邦构想弄得夜不能寐。而现在，这个计划终于可以启动了。选择这个时段开工的原因在于，雨季是采集者的“休眠”季节，他们有足够的时间腾出手来，去干官方计划外的秘密勾当。

但密林建造终究是一项棘手的工程，采集者不仅要有足够的胆略去应付美洲豹、鳄鱼和狼蛛的袭击，还须具备良好的工匠技能。他们应当是战士、采集者和营造者的三重人才。老豹子目光犀利，能够从那些寻常的人群中发现精英，而他的激励方式，就是承诺他们成为本村的第一批居民。青年工匠们爬在藤蔓制作的绳梯上冒雨干活，浑身上下全都湿透，但目光明亮，意气风发，笑容比阳光更加灿烂，因为他们已经看见了那个自由而幸福的未来。

作为威齐洛波契特里村的设计者，老豹子没打算给自己留一间屋子。他已经老了，属于那种可以随时去见羽蛇神的旧物，他得把乌托邦世界完好无损地留给年轻一代。他唯一的希望是改造提佐克，让它变得比较适合人居，而后找个温存的女人，跟她无休止地做爱，从她的怀抱里升上天堂。女人才是他最后的床、家园和终结者。

一只毛色发亮的渡鸦冒雨飞来，落在面前不远的枝条上，黄色的爪子上绑着一只湿漉漉的微型信筒。老豹子从筒里取出一片细麻布，那是墨尔斯的信函，其上写着长老会开会的日子。老豹子知道，这将是一场重要的决战，而他必须去近处观战，以便随时提供支援。望着那些正在唱歌干活的小伙子们，他满意地转过身去，紧了紧腰间的酒囊，手持披荆斩棘的短刀，踏上了返回提佐克的归程。

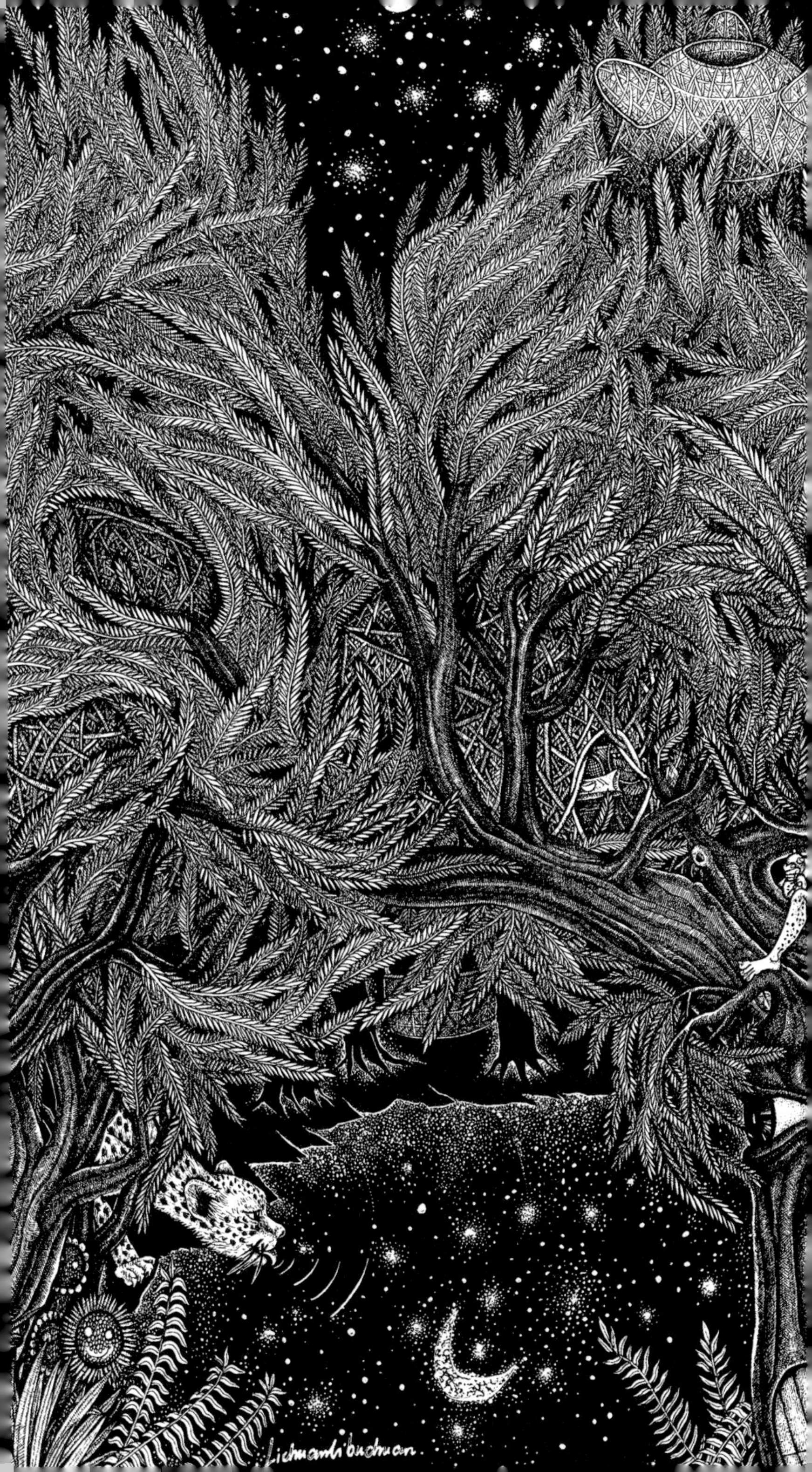

巴蒂的牢房

1790年8月17日

提佐克城，大桶第三层巴蒂家——第七层长廊

自从母亲玛琳洁遭到公开处决，巴蒂就陷于无限悲惨的境地。她被学校开除，失去就学的权利，变得一文不名，随后又被赶入第三层的三间斗室，犹如进了光线暗淡的囚笼。父亲沉默寡言地上班，又沉默寡言地下班，仿佛灵魂已经跟妻子一同死去，只剩一条不会说话的肉身影子，在巴蒂跟前晃来晃去。

在巴蒂的记忆中，母亲是个复杂的女人，她是职业画师，专为中高层居民画像，她手艺精湛，画像总能捕捉到对象的精彩神态，所以颇受贵族阶层的青睐，尤其是他们的女眷。不仅如此，绘画也是她打听八卦的重要手段，她窥探他们的隐私，并且拿来跟家人分享，乐此不疲。但在画笔之外，性爱却是她的最大嗜好。她每天必须三次行房，有如一日三餐。她总是追着夫君，要对他实施性侵，从卧房追到厨房，又从厨房追到客厅，而无能的老公在前面奔逃，面如土色。

她是贪床的荡妇，也是厨艺精良的吃货。心情不错的时候，她会下厨房烹制各种美食，例如红薯烧肉、香烤虫卵、肉末南瓜饼和番茄鳄梨汁，然后笑着把它们端到巴蒂面前，跟女儿一起狼吞虎咽，将盘中物吃得一干二净。她还经常提着手袋外出，声称要去购物，有时带回可可豆之类的昂贵食料，有时则两手空空，却面有红晕，眼神迷离，一派风情万种的样子，好像刚刚经历过什么奇遇。对巴蒂而言，母亲是个难以捉摸的谜团，而且直到母亲死后，她都无法破解这一谜团。

她每天在囚室般的小屋里静坐，有时躲进被窝，一边回忆母亲的音容笑貌，一边不停地哭泣，难以自拔地掉进忧郁的深渊。她好几次都想翻窗一跃，简洁明快地结束这无趣的人生，但一想到波波卡，心中突然又起了一线生机。她就这样在绝望和希望之间摇摆，日复一日，卷入了毫无出路的循环。

但就是如此暗黑的日子，都到了难以为继的时刻，因为清理者头目敲响她的家门，命她立刻拿起扫帚，去清扫第七层走廊。“虽然你父亲被贬为制造者，但你没有任何技能，所以只能去干扫地的活儿。”他以鄙视的目光对她上下打量，递去一块黑牌，那是清理者进入高级楼层的通行证，“让你在家反省一个多月，时间也够长了，啧啧啧，看看你，都全身长霉了，该出来晒晒太阳了！”

巴蒂顺从地从屋角找出扫帚、簸箕和垃圾筐，换上一身旧衣服，小细脖子上挂着黑牌，走过士兵的岗哨，踏上了通往第七层的楼梯。那是一个完全陌生的楼层，它跟第六层仅一层之隔，格局却迥然不同，看起来就像是置身于宫殿的回廊。它的地板以白酸枝木铺就，而廊柱则用了墨西哥黄金檀，走廊内侧的墙壁上贴满彩陶马赛克，不倦地讲述着羽蛇神的系列传奇故事。就连每一户人家的黑漆大门，都以金线描绘着大丽花纹饰。这是提佐克贵族的世界，它占有了提佐克百分之八十的财富。

就在长廊的不远处，两个巡逻兵在机警地望着她，好像她是个疑似破坏分子。她知道自己的一举一动，都在他人的监视之中，就赶紧挥动扫帚，干起了一个低端清理者的脏活。她奋力扫着垃圾，手脚笨拙。一阵风吹来，簸箕里的东西被尽数卷上了天空。她失神地望着无尽的走廊，感觉自己就是那世间最卑微的尘土。

第五章

夺女杀妻之仇

波波卡的“夜鹭计划”

1790年8月17日

提佐克城，大桶第七层的墨尔斯家

波波卡每天在家里如坐针毡。眼看着父亲墨尔斯在外面忙碌，神色严峻，回家后又寡言少语。这种紧张的氛围，似乎已经持续了好些时日。他能够从中感知时局的日益恶化。但母亲丹娜没有太多的变化，在探视过安吉之后，她的心情有所改善，并重新回到为婴儿接生的愉悦之中，只是最近一个时期，新生婴儿的增长，远远跟不上死亡人口的数量，这不符合提佐克的人口原理，但没人做出必要的追问。跟墨尔斯一样，丹娜也对此深感忧虑。

波波卡得到父母的默许，在新家里继续他的“夜鹭”计划。七层实验室的面积，比六层时代扩大了好几倍，因而无须再占用客厅空间。每天早晨，他从厨房里拿上几个玉米饼，然后从房内锁上门，从早到晚地工作，直到母亲下班回家为止。波波卡学会了低调和审慎，制作过程尽量不发声响，令那些竖着耳朵的告密者一无所获。为了安全起见，他还在门外走廊的地板下，偷偷安了一种弹簧式的报警装置，只要有人从门外走过，屋里的铜铃就会叮当乱响。

眼下“夜鹭”已经基本成型。它像一只巨型蜻蜓，停栖在宽大的实验室里，肚皮下挂着一只结实的篮子。他的最后一项工作，就是向那些灯具油囊里添加燃油。波波卡面临的难题，是如何把它搬上大桶顶部，并在巡逻兵的眼皮底下起飞。波波卡每天都在为此煞费苦心。面对戒备森严的岗哨，起飞甚至比制造本身更加困难。除了老豹子，波波卡无人可以商议，而就连老豹子，最近也极少露面，仿佛从人间蒸发了一般，也不知他究竟在搞些什么名堂。

除了“夜鹭”令波波卡犯愁，另一项发明也进展缓慢，让他感到非常苦恼，那就是一种全新的建筑升降系统。自从上次大水车倒塌之后，新水车的建造迟迟未能完成，大桶居民的上下出入，只能依赖剩下的三架，由此导致严重的交通拥堵。波波卡试图发明一种更为轻便灵活的装置，来取代笨重的水车，而他的真正意图，是要用它爬上妹妹安吉的神庙，从那里把她救走。

波波卡尝试用麻绳代替，但攀缘需要高度技巧，他试着在两条麻绳之间加上横档，由此构成便于携带的绳梯。但这种绳梯仍然存在危险，胆小的安吉未必愿意攀爬。后来他灵感乍现，用细麻布做个软而长的圆筒，中间放一根带有大量绳结的麻绳，人可以手抓绳索、脚踩绳结逐渐下降，而外层细麻布套，可以用来保障安吉的安全。波波卡为这个新发明开心得手舞足蹈。他自豪地想，父亲救安吉的计划，就只能靠它了。他目测过神庙的高度，应该在一百肘以上，这意味着需要很长的绳索和很多细麻布匹。还有，要想越过大桶外的水壕，必须在大桶的墙上打入大钉，再用强弩把带钉钩的绳索另一头发射到对岸，加上一个滑筒，做成一道简易的索桥。波波卡知道，没有老豹子提供工具和原料，他将一事无成。

就在这天，铜铃突然被触动了，发出清脆的叮咚声，他赶紧开门去看，只见巴蒂正拿着扫帚在扫地，衣衫破旧，面容黯淡。一见波波卡，她赶紧把脸埋进凌乱的黑发里。波波卡感觉有些尴尬，不知该说些什么，迟疑了半天，才嘀咕了一句："你……还好吗？"巴蒂没有回答，头埋得更低了。波波卡说："你进来坐坐吧，喝点儿牛奶，休息一下，好吗？"巴蒂猛然抬头望着他，满脸都是眼泪："对不起……"波波卡说："我们不怪你妈妈，更不会怪你。"巴蒂哭着说："不，我们罪有应得。"波波卡说："我想帮你，但我怎样才能帮到你呢？"巴蒂强抑住自己的啜泣摇摇头："不，你是好人，我不想连累你。"她拖着扫帚，飞也似的逃走了。

波波卡看着她远去的背影，不觉黯然神伤。他知道这女孩一直在暗恋自己，但由于羞涩，她从未启齿。现在家庭已经遭受大难，她也许永远都不会启齿了。"哦，她真可怜，她实在太可怜了！"波波卡满含悲悯地想，轻轻掩上屋门，生怕关门太重，会夹断女孩的最后一线希望。

长老会惊变

1790年8月24日

提佐克城，长老会议事厅

墨尔斯身穿丹娜替他缝制的长老服，走进长老会的议事厅。对于他而言，今天是个独特的日子，他有充分的信心击败霍皮，救出女儿安吉，让她回归正常人的生活。他的计划是先提出一个动议，请求长老会批准安吉作为住家女神，回到大桶第七层的住所。在提佐克、阿兹特克和玛雅的诸城历史上，曾经出现过大量人间神，但他们往往不住神庙，而是住在家里，由此形成“住家神”的悠久传统。墨尔斯将旁征博引各种历史案例，来证明世俗“住家神”对提佐克神学的重大意义。为此，就在昨天下午和晚上，他还登门拜访了大多数长老会的成员，他的观点已经获得他们的普遍赞许。墨尔斯坐在椅子上，保持谦卑而自信的微笑，他要用这种笑意来鼓励那些支持他的长老。

长老们此时已陆续到场。墨尔斯用右掌放在左胸前，向他们一一起身致意。霍皮盛装入场时，鼓被隆重地敲响，全体长老都站起身来。霍皮哈哈一笑说：“各位长老请坐。”言毕之后，目光扫向墨尔斯，露出诡异的笑容。墨尔斯也回敬了高深莫测的一笑。

首席长老宣布开会之后，墨尔斯便率先发难，抛出自己的“世俗神”方案。他慷慨陈词，力证提佐克需要的，是世俗神而非庙堂神，进而辨析这两种神在死亡神学里的重大区别，以及世俗神对提佐克未来的伟大意义。墨尔斯说，只有在尘世的磨砺中，神性才能达到无可超越的巅峰状态。他的提案得到了大多数长老的举手赞成。霍皮派虽然提出反对，但因没有做过任何理论准备，所以言辞窘迫，毫无说服力可言。霍皮脸色难看，身子僵硬地坐在席位上，一言不发。

在墨尔斯发言后，另外一些长老也提出几项议案，事关长老会的资金分配和房屋修缮。但墨尔斯对此毫无兴趣。他知道，现在还没到最后胜利的时刻，他得静待会议结束前的那轮投票表决，因为那才是决定安吉命运的关键。霍皮这时开始活跃起来，好像从冻僵状态中回过神来。他跟手下的助理祭司频繁耳语，而那些助理则不停地出入会议厅，似乎又在策划什么阴谋。

墨尔斯对此开始担忧起来。昨夜，他曾经有过一阵源自右耳深部的剧烈头痛，似乎是体感在向他发出警告。但在向羽蛇神祈祷之后，头痛便涣然消散。墨尔斯坚信，正是羽蛇神在暗中庇佑，令他拥有超人的法力。他觉得这议案本身就具有强大的魔力，足以粉碎霍皮的雕虫小技。想到这里，他不禁再次自信地微笑起来。

会议显得有些冗长，终于拖到了表决时刻。首席长老说，下面让我们对刚才几个议案做一个举手表决，按长老会的惯例，今天到会的八十五名长老，只要票数达到过半，就意味着决议被通过。另外，按我们的惯例，表决将从最后一个议案开始。所有长老听了，都跺脚表示赞同。

轮到表决墨尔斯议案时，霍皮突然站起身来，环视会议厅，用嘹亮的嗓门说："墨尔斯长老的议案，对本祭司有醍醐灌顶之效，它告诉我什么叫作更好的神学。我个人比较喜欢庙堂神，不喜欢世俗神，但我会尊重长老们的看法。我有一个提议，为了让表决更加隆重，请大家更换一下座席。所有赞成墨尔斯的长老，请坐到右边，反对的长老，请坐到左边来。"

首席长老望着霍皮，有些不知所措，他犹豫了一下，觉得霍皮的提议虽然有些麻烦，但似乎并没有什么坏处，于是宣布接受这个提议。大厅里出现了一阵混乱。长老们重新按自己的决定，分两边坐下，于是整个局面变得泾渭分明起来——五十四名长老坐到右边，而左边只剩下三十一人。墨尔斯第三次微笑了，仿佛自己已经胜券在握。

霍皮哈哈一笑说：“在最后表决之前，我要向全体长老敬酒。这酒由制造者刚刚发明出来，不好意思，用本祭司的名字命名，就叫霍皮金液。它是提佐克城邦精神的象征。”

一大群侍者走进大厅，把装满美酒的彩陶酒杯，逐一送到长老们手里。大厅里溢满了芬芳浓郁的酒香。

霍皮高举酒杯，神情豪迈地说：“让我们为墨尔斯的精彩议案，为我们的死亡女神，为全体提佐克人民，干杯！”全体长老一饮而尽。墨尔斯闻了闻酒味，没有觉察到有什么异样，犹豫了一下，也跟着一饮而尽。

霍皮又说：“我替墨尔斯先生感谢赞成他的长老们。今天，我要替他为你们送行，让你们在羽蛇神面前替提佐克祈祷。请你们这就动身上路吧。”

墨尔斯看见，霍皮的话音未落，右边的座席上已经发生异变。年岁最高的那位长老，突然失落手中的酒杯，仰脸向后倒去。其他长老随后也纷纷坠落酒杯，以各种姿态倒地，身体抽搐和痉挛了片刻，口鼻里溢出鲜血和白沫，表情痛苦地死去。整个大厅发出了一片惊恐的叫声。墨尔斯这时才恍然大悟：霍皮竟当场毒杀了支持提案的长老们！

一切尘埃落定之后，霍皮慢慢坐下身来，眯起眼睛，看了一眼呆若木鸡的墨尔斯，笑容满面地对首席长老说："你看，现在我们可以投票了。"

丹娜火中涅槃

1790年8月24日

提佐克城，医院产房

长老会大屠杀之后，霍皮再次显露了消除罪迹的卓越才能。五十四具尸体，被一个清理者特别小组肢解成小块，然后装进布袋，伪装成垃圾运出城外。一名侍者惊魂未定，向他的妻子说出了真相，结果被隔壁的告密者揭发，当晚全家六口悉数被杀。与此同时，所有死亡长老的家眷都受到了严厉警告，他们噤若寒蝉，完全被死亡的恐惧所压倒。但提佐克城对此一无所知，它像往常那样缓慢走向黄昏，被夕阳的绯红色光线所笼罩，沐浴在孤独而虚妄的幸福感中。

就在悲剧发生的当日黄昏，老豹子领养的五个女儿中的一位，为他生下了第一个外孙。老豹子带着女婿正在城外执行秘密任务，无法前来产房守望，丹娜在产房里动手点燃圣火，为又白又胖的男婴剪断脐带，然后把龙舌兰淡酒洒向火焰和婴儿。丹娜的仪式是独一无二的，因为它饱含春神、植物神和生命之神的气息。她低声唱出的圣歌和祝祷，引自一部名叫《春天里的爱神》的诗歌圣典，它用玛雅文雕刻在木版上，一共有二十一块，老豹子找到其中的十一块，并把它们郑重其事地送给丹娜。丹娜将其中的诗句背得滚瓜烂熟。她迷恋那些以诗歌写就的美妙句子，到了心醉神迷的地步——

春神走来了，爱神走来了，

小小生灵，从大地的缝隙里长出来了……

丹娜为这些诗谱写曲调，用来给临盆的产妇和新生儿祝福。歌曲洋溢着爱与温暖，足以刺激母乳分泌，并制止婴儿的啼哭，让他们发出生命中第一次微笑。此刻，她看见老豹子的外孙，在她哼唱和拍打之下，停止了撕心裂肺的哭泣，目不转睛地“看”她，然后灿烂地笑了。丹娜也笑了，她很满意自己刚接生的这件“新作”。

这是丹娜最后一次执行接生仪式，但她对此一无所知。昨晚她做了一个怪梦：自己被锁在一个黑色大屋，苦苦哀求生命之神把她解脱出来。神应许了她的请求，给她以自由、美貌和爱，但她将只有一个提佐克时辰的生命。她毫不犹豫地答应了。她看见大屋子化为雪白色的大茧，而她从中破茧而出，化为玲珑小巧的蜂鸟，翩然飞翔在雪山顶上，俯瞰那些正在遭受屠杀的街道。她在怜悯民众的命运，为他们的悲苦而流泪。

她也不记得这场噩梦是以什么方式结束的。但她模糊地意识到，她的生命正在面临重要的转折。当年墨尔斯出现的前夜，她也做过类似的鸟变之梦。现在，越过二十年的漫长岁月，相似的梦境再度降临，就连蜂鸟身上的翠绿色羽毛，都跟从前一模一样。这究竟是一种什么征兆？神要向她传递怎样的讯息？而她又该做出怎样的回应？

她走出产房，在走廊上来回徘徊，为这个梦的含义而心烦意乱。她担心的是墨尔斯的命运。他在长老会的斗争会获得什么结果？他究竟能不能赢得胜利？女儿安吉能否顺利回家？霍皮又会使出怎样的计谋？所有这些疑问不断涌现，堆积在她的胸口，令她喘不过气来。就在这时，一个行为古怪的蒙面人从她身边走过，一只手拿着硕大的黑曜石纺锤，另一只手提着木桶，散发出刺鼻的柏油味。但她只顾想着自己的心思，对此并未在意。

又过了片刻，她听见女人们的惊叫，有人在喊“着火啦！”随后她也看到了火光，感觉一股热浪和焦煳味扑面而来。她赶紧跑回产房，发现那里已是一片炽热的火海。她想起老豹子的女儿和外孙还在里面，就赶紧冲进去营救，在浓烟里摸索，好不容易找到她们，奋力抱起小婴儿，搀扶产妇，挣扎着逃出火场。由于吸入太多的浓烟，她觉得窒息和眩晕，便扶着墙来到走廊转角，剧烈地咳嗽和喘息，猛然抬头，发现那蒙面人就站在阴暗处，犹如一条正在蓄谋杀害阳光的影子。她还没来得及查问，对方就上前一步，仔细看了她一眼，像是在辨认她的脸，然后举起手中的黑石纺锤，狠狠向她砸去。安娜感到头上被重击了一下，听见自己骨头碎裂的声音，眼前一阵发黑，冒出无数颗细小的金星，犹如夜空里灿烂的焰火，而后她便倒在地上，阖上眼睛，沉入了永久的黑暗。

霍皮的谎言

1790年8月24日

提佐克城，神庙——大桶墨尔斯家

女神安吉坐在神庙里，仔细查看霍皮给她留下的经卷，从那些字句里寻找羽蛇神的真理。她先是翻了一下用植物染料手绘的插图，然后开始阅读经卷本身，对安吉而言，它们过于艰涩，难以理解。她才读了几页，倦意就阵阵袭来，刚想闭眼小憩一下，却听见楼下医院发出巨大的声浪，似乎有什么灾祸正在发生。她越过窗户向下俯瞰，只见医院建筑正在燃烧，冒烟的位置，好像就是母亲工作的产房。清理者的救火队奋力灭火，逃出来的幸存者在哭泣，从烧焦的建筑里背出了十几具发黑的尸体。安吉拉动连接霍皮指挥中心的铜铃，没有什么反应，她又敲打大门，指望有人来给她信息，也没有得到门卫的回应。女神跌坐在椅子上，心里充满了不祥的预感。

天黑时分，霍皮像往常那样按时进了神庙。女神说：“我看见医院的火灾了。我妈妈还好吗？”

霍皮满脸忧愁，欲言又止。

女神大声追问：“你说呀，你说！”

霍皮在她身边坐下，充满怜惜地抚摸着她的双肩：“刚才我一直在处置这场火灾。很不幸的是，你母亲被羽蛇神带走了，而且死得很惨。我不能对你有所隐瞒。”

女神怔怔地望着霍皮，全身就跟冻僵了似的。

霍皮的表情和语调都很沉重：“在火灾现场，有人看见墨尔斯跟你母亲吵架，还动手打了你母亲，随后就发生了那场悲剧。”霍皮的语调变得有些激动，“大家都认为，是墨尔斯纵火烧死了你的母亲。但我为他做了辩解。我认为他可能会动粗，但未必会存心烧死她。我看这是一场意外事故。有人见墨尔斯带了一桶柏油进去，也许是在争吵中不当心，失手点燃了柏油。好在他本人没事，只是害了你的母亲，弄得她再也无法跟你相见。”

对于霍皮的说法，女神将信将疑。她站起身来，含着眼泪大声说：“不，不，我的神呀，我要去见父亲，我要当面问他！”

霍皮摊开双手，做出很无奈的样子："我也在找他，很多人都在找他，可是他已经消失。我想，他大概是藏起来了，因为做了这样的坏事，不方便见人。"

女神伸出手臂向霍皮走了两步，好像还要发出什么严重的恳求，却突然晕倒在地，让霍皮猝不及防。

霍皮脸上露出了心满意足的微笑。他抱起轻如鸿毛的女神，把她放到床上，盖好被子，然后转身出屋，重新锁上大门，对守门的士兵交代说："你要好生看着，她要出什么意外，你就自己提头来见我吧。"

霍皮走下旋梯，迈着大步，穿过光线暗淡的走道，重返了指挥中心。今天他心情很好。丹娜死了，墨尔斯的阴谋被彻底挫败，长老会已经成了他的天下。他打了完胜的一仗。墨尔斯已经被逼到墙角，只要他稍加运筹，他就会死无葬身之地。现在到了他饮酒纵乐的时刻。他下令助理为他送四个性感的新鲜女人来。因为他嫌那些性奴已经过气，为了庆贺自己的政治胜利，今晚他要在"塔缇娜"大开淫戒。

波波卡用计

1790年8月24日

提佐克城，神庙——大桶墨尔斯家

波波卡在家里遇到了一件怪事。当时他正在实验室里工作，脑子里却一直想着巴蒂的事情，他很想去找老豹子，求他帮助一下这个绝望的女孩，但他不知该如何跟老豹子开口，因为他担心老家伙会产生误解，以为他爱上了那个女孩，其实除了妹妹安吉，他的脑袋里根本没有存放其他女孩的地方。

就在他胡思乱想之际，警铃突然摇晃作响，他心中一惊，赶紧跑到客厅窗口朝外张望，只见一个蒙面人正在把柏油泼向他家的大门和墙壁。他手持木棍，开门出去大喝一声："嗨，你要干什么？"那人吓了老大一跳，扔下油桶仓皇逃走了。波波卡在屋里来回踱步，把整件事情反复想了几遍，突然感到毛骨悚然。尽管父亲从未跟他谈论政治，但他还是透过蛛丝马迹，觉察到父亲和大祭司之间的生死之争。他对父亲在长老院的遭遇一无所知，更不知母亲已经惨遭杀害，他只是凭着有限的智慧，觉得需要利用一下眼下发生的事件。

波波卡重新走出门，挑了一块泼油较少的墙壁，点了火，让它燃烧起来，然后一边高声叫喊“救火，来救火啊”，一边用棉被用力扑灭尚未蔓延的火苗。在邻居们尚未回过神来之时，他已经做完了灭火的活儿。士兵们赶到时，只看见墙体上有一块被火燎的黑色痕迹，以及那些尚未燃烧的黑色油污。波波卡说，纵火者已经逃走，如果不是他及时发现和阻止，整座大桶都将化为灰烬。为了防止被人再次纵火，保护提佐克居民的生命财产，他要求管理者帮他把实验室器具搬上屋顶。一位霍皮派的长老前来看了现场，同意在第二天上午派一队清理者来帮他搬运。波波卡要利用这种方式，把“夜鹭”包装后搬上楼顶，等待营救安吉的时机。而这次他的计谋获得了成功。他懂得，这种高调而又傻笨的做法，反而能迷惑那些杀手和告密者，令他们放松警惕，为他的营救行动赢得时间。

等到邻居和士兵们离去，波波卡便返回家里，开始小心翼翼地拆卸“夜鹭”，把它们化为一堆“碎片”，直至外人无法看出它们的用途为止，然后用棉布和细麻布仔细捆扎起来，整齐地码放在墙角。明天，它们就能被送上楼顶，被合法地放在那里。等到需要行动时，利用巡逻兵走到大桶另外半圈的空隙，也就是半个提佐克时辰左右，他就能把“夜鹭”重新装好，然后从那里起飞，越过护城河和旷地，直接飞进广袤而浓密的雨林。一想到他将带着心爱的妹妹逃走，波波卡就激动得浑身战栗，好像那已经是个金属般的事实。

老豹子的图谋

1790年8月24日午夜

提佐克城，神庙——广场玉米神石像附近

临近午夜时分，墨尔斯步履沉重地离开长老会。丹娜之死对他是个致命的打击，令他感到五内俱焚。但他根本没有时间去处理爱妻的尸体。他把给丹娜送葬的事务，委托给闻讯从远方赶来的老豹子，然后跟首席长老一起，冒着绵绵细雨，试图从城外乱葬坑里辨认那些被肢解的尸体，最后却不得不放弃这种徒劳的努力。他们只好召来清理者，打算用土掩埋开始发臭的肉块，巴蒂和父亲也在清理者的队列里。墨尔斯在现场认出他们，彼此默然交换了眼神。墨尔斯想，今天是他一生中最可怕的失败日，他不仅失去妻子，也失去了那些令人尊敬的贵族朋友。在贵族和流氓的战争中，贵族是永远的失败者。他心力交瘁地两腿一软，跌坐在烂泥地上，感到万念俱灰。

回到城里后，细雨已经停歇，月光透过云卷，为四周的景物抹上了一层朦胧的诗意。但他没有心情去欣赏提佐克雨季的月夜，他必须尽快把一切向儿子波波卡和盘托出。他已经没有退路，只能背靠悬崖，跟霍皮做最后的搏杀，而安吉和波波卡，是他最大的顾虑和牵挂。更为重要的是，为了营救安吉，他必须得到儿子的支持。他走过玉米神的高大石像，从阴影里闪出一条人影，墨尔斯警觉地向后退了一步，才发现那是老豹子。他披着黑色的斗篷，一把握住墨尔斯的手，温热有力，一股巨大的能量，热流般注入墨尔斯的手臂和全身。

“你受苦了！”老豹子把他拉到阴影里，沙哑着嗓子说，“丹娜的事，我都办好了。她现在跟那些贵族们葬在一起。你不要太伤心。我们会反击的，霍皮的时间不多了。”他的微笑里充满着复杂的情感。墨尔斯点点头。在每一个关键时刻，老豹子都会神奇地出现在他面前，给予他生命的能量和信念。他感到鼻子有点酸涩，但不想让对方看出他的动情。

老豹子又说：“采集者正在准备起义。但我们要对付的，除了霍皮的士兵，还有庞大的清理者队伍，那些愚蠢的民众，被霍皮所洗脑，俯首帖耳地成为他的工具，他们的总数大约为一万五千人，是采集者的五倍。

我们无法跟这些大数量的空脑壳作战。所以我需要时间去分化他们，争取创造者和制造者的支持。”他用手指了指地下，露出神秘的表情，“还有，就是你永远都看不见的洛伦佐家族——永动机的操纵者。”

墨尔斯知道老豹子在此迎候，除了要给他精神安慰，必定还有更为重要的大事，于是直截了当地问道：“你需要我做些什么？”

老豹子说：“要想争取这些人，最大的关键是安吉。我们需要她的感召力，只有她能够劝说那些愚蠢的士兵和清理者，背弃霍皮，站到我们这边来。”

墨尔斯说：“我懂了，我来负责说服她。”

老豹子说：“不过，这对你来说是个难题。安吉一直被锁在神庙里，你必须先把她救出来，让她摆脱霍皮，才会有机会说服她。我的感觉是，她现在的心智已经完全被霍皮控制了。”

墨尔斯很自信地说：“我能切断她跟霍皮的关系。这事就交给我办吧。”

老豹子问：“你需要我提供什么帮助吗，人手或者物资？”

墨尔斯固执地说：“这些你不用管了，我会处理好的。”他的脸上露出义无反顾的神情。

老豹子拍了拍他的肩膀，微微一笑：“好吧，如果你想找我，每晚的这个时辰，我都在这里。”

在朦胧的月色里，墨尔斯默契地点点头。老豹子用异样的眼光凝视着他，眼里闪出一丝无奈的哀伤。但他很快就恢复了微笑，敏捷地转过身去，鬼魅般消失在石像的阴影里。

洛伦佐家族现身

1790年8月25日午夜

提佐克城，静街——永动机帝国

丹娜之死，是老豹子决定起义的导火索。他毕生都在暗恋这个美丽善良的女人，但奇怪的是，他没有视墨尔斯为情敌，相反，他以一种欣赏的态度去看待他们的恋情，因为在他看来，墨尔斯其实是他派去照料丹娜的使者。他懂得，像他这种四处为家的男人，绝非丹娜所期待的那种类型。他强行收起这份暧昧的情感，像藏起一件犀利的刀具。而自从爱上这个女人，他就跟所有其他女人断了缘分，剩下的唯有放肆的情欲和亲昵的友情。无数女人从他的床单上滚过，然后迅速消失在记忆的暗处。只有丹娜没有上过他的床，却恒久地屹立在他生命的中央，被他自己的柔情所照耀，成为不可亵渎的精神路标，经久不衰。

现在她无端地死去，死得如此突兀和悲惨，头颅被打破，鲜血流了一地，令人不忍卒睹。殓尸的时候，老豹子用手巾为她擦拭血污，第一次触摸到了她的肉身。它是如此冰凉，却比其他任何物体都更柔软，好像还在秘密地呼吸。他没料到他俩会以这种方式告别。他平生第一次哭了，灼热的眼泪滴在女人的玉体上，如同雨水落在芭蕉叶上，发出震耳欲聋的声音。他亲手埋葬了丹娜，对天发誓要替她复仇，于是派出眼线，到处探查刺客的下落，最后从一名清理者口中，弄清了凶手的身份，他就是大祭司手下的助理祭司巴克。

那天黄昏刚刚降临，天空上飘浮着诡异的闪光乌云。光头巴克从霍皮指挥中心走出，穿过走廊，绕到六角大楼的背面，冒着绵绵细雨，沿生命大道向大桶走去。他刚刚受到霍皮的褒奖，怀里揣着两个沉重的金块。老豹子紧紧尾随在他身后，见他拐向一条小街，正要准备进酒馆寻欢，而街上寂然无人。老豹子快步上前，用一把尖锐的匕首刺进他的后背，动作如此凌厉，以至于刀身瞬息就穿透了身躯。巴克摸着前胸上的刀尖，痛得双膝跪地，回头望了一眼，看见老豹子正在坏笑的老脸，惊惧地叫了起来，然后一头栽倒在石板路上，污血流了一地。

“这是第一个受死的，从此我要大开杀戒！”老豹子提着匕首，浑身杀气地站立街头，心情畅快地叫道。

老豹子收起利刃，折返回去，走到广场上的玉米神巨像前，见四下无人，便在底座上按动开关，现出窄小的门洞。老豹子侧身弯腰爬了进去，石门在他身后悄然关闭。他走进一条密道，它通往六角大楼底下的永动机中心。那个神秘幽暗的世界，就连大祭司霍皮都无法探知其奥秘。霍皮曾派出清理者寻找进入地下世界的通道，耗时整整三年，却一无所获。霍皮最后的结论是，根本不存在这样的世界，它不过是个可笑的谣言而已。

现在，老豹子就站在通往这世界的入口。借助洞壁上的幽暗灯光，他看见那个传说中的铭牌，上面写着“众神引导你走向死亡”字样。由于年代久远，字迹已经开始模糊。又过了片刻，一个熟悉的身影出现在秘道拐角处，她就是曾经现身于小酒馆的女人查克，洛伦佐家族跟外界联络的十三名信使之一。她朝老豹子走来，斜倚在对面的石壁上，含情脉脉地望他。老豹子笑道：“你总是吓我。”查克说：“哼，我要能吓住你，早就是你的人了。睁大你的眼睛，跟我走吧。”

老豹子跟随她穿越迷宫般的黑暗长廊，好像走了很长时间。老豹子知道，其实他们一直在原地打转，但他并不想点破。查克不知道，穿越迷宫正是老豹子的特长。依靠声波反射和气味辨识的双重禀赋，他能毫无障碍地破解世上任何一种迷宫。正是依靠这种禀赋，他才能在变幻莫测的热带森林中自由穿行，从未迷失方向。

查克带他走进一座大理石大厅，查克叫他在这里等候。老豹子环视一下四周，被地下建筑的诡异和精致所迷惑。厅里有一种来历不明的光源，好像是专门为地表人准备的，以漫射方式照亮了整个空间——它像是用整块石头切割而成，跟石桌石凳连在一起，找不出任何缝隙和拼接的痕迹。墙面和桌面打磨得犹如镜子，反射着来者的清晰面容，就连工程师出身的老豹子，都无法想象它们是如何被制造出来的。他被这高超的技术惊到了，一时说不出话来。

一个男人在查克搀扶下动作迟缓地走进大厅。他是手持拐杖的盲人，满头皓发，皮肤白得有些发蓝，个子矮而胖，但气宇轩昂，周身散发出罕见的威严气息。老豹子猜想，这一定是洛伦佐家族的当家人了。在采集者的秘密传说中，他是地下世界的主宰，具有不可思议的法术。

查克介绍说："这就是洛伦佐十五世，永动机世界的主人。"

洛伦佐十五世微笑道："你一定惊讶我是个鼹鼠式的瞎子，是的，我们整个家族都是瞎子，这是神的诅咒，也是家族的荣耀。我们有幸生活在一个不需要光线的世界。八百年前，我的祖先接受羽蛇神的指令，管理这台世上唯一的永动机。我们是提佐克的秘密主人。"

老豹子说：“我知道关于贵家族的各种传奇。你们眼盲，但并不耳聋。你们也一定听说过大祭司霍皮的暴政。贵族和平民都遭到空前的屠杀，提佐克人民水深火热，每天都要面对死亡的恐惧。”

洛伦佐十五世说：“根据家族的法律，我们不能干预地面世界的事务，无论它发生怎样的变故。”

老豹子说：“提佐克的现状，已经严重违反羽蛇神的意志。在这样的情形下，贵家族依然会袖手旁观吗？”

洛伦佐十五世默然无语。

“要是听任霍皮推行暴政，整个提佐克就会陷于一场灾难，而你的家族不可能独善其身。我今天下来谈判，不是请求贵家族参与地面战争，而是恳请你向我们租借空间。我需要用你的库房屯放器材，借你的大厅安置起义者，还要借你的秘道，把我的人送到需要去的地方。”

“好吧，我明白了。假如我答应你，你会有什么回报？”

老豹子说：“我只有一个回报，那就是尽我的努力，改变提佐克的现实，让它重新回到羽蛇神的轨道上去。”

洛伦佐笑了：“好吧，我能够理解你的需求。从现在起，我授权你使用这些走廊和房间，它们会被标上蓝色的印记。你要保证，除了有蓝印的空间，你的人绝对不能进入其他区域，否则，我会立刻收回对你的承诺。”

老豹子把左手掌放在右胸前，做出恭敬和致意的姿势：“我代表全体起义者，向贵家族致敬！”

洛伦佐挥动着拐杖说：“不用客气。我还要赠送你一些玉米、葫芦和棉布，就在那些库房里，查克会带你过去的。当然，请你一定不要误解，这不等于我们在干预地面事务。我们只是两条在提佐克偶然相交的弧线和直线而已。再见了，我的新朋友，祝你一切顺利。”他推开想要搀扶他的查克，微微一笑，步履蹒跚地走出了大厅。

洛伦佐家族居然有自己的采集通道？老豹子对此有些惊讶，但一转念之后便已释然。这个家族既然拥有庞大的地下世界，多几条通往森林的秘道，也是十分自然的事情。他揽着查克的腰，两人一起回到刚才的隧道，然后吻了一下她的嘴唇：“你这只小鼹鼠，每一次都让我有意外之喜。”查克故作嗔怪地推开他，叹了口气，禁不住又回敬了他一吻。老豹子哈哈一笑，这回总算紧紧地抱住她，用心吻了起来。他们就这样互吻了很久，一直吻到隧道里油尽灯枯、重陷黑暗为止。

洛伦佐十五世和他的十二个妻子

1790年8月25日午夜

提佐克城，永动机帝国

在别过地表人老豹子之后，洛伦佐十五世回到了自己的洞穴。在那里，十二位妻子正在焦虑地等候他的召见。她们是他的十二位暗黑大臣，分别管理着家族的十二个方面，从膳食、服饰、家具、孩童教育、疾病与卫生、阅读、祭祀、娱乐、财务管理、特殊采买直到安全防卫，几乎囊括了家族事务的所有领域。她们是一群罕见的地宫天才，极富创造力和想象力。由于黑暗世界拒绝视觉的缘故，她们姿色平平，甚至有的还有些丑陋，而且大多性情古怪，具有暗黑动物的特别属性，其中有三对孪生姐妹，四个同性恋，五个郁躁症患者，以及八个极度恋父者。他必须小心翼翼地驾驭她们的心智，疗愈那些敏感、脆弱、极易躁动和忧伤的灵魂。只要维系住一种稳定的局面，她们就能在日常事务中发挥才干，放射出女神般的异彩。

洛伦佐十五世像往常那样坐在一张特制的转椅上，三百六十度地不断旋转方向，逐个听取她们的抱怨、申诉和痛骂，然后被她们从各个角度群殴，弄得遍体鳞伤。但他非但没有感到疼痛，反而有了一种难以言喻的欣悦。不仅如此，他还具备一种神奇的能力，可以迅速自愈，让伤口转瞬间就平复如初。由于这个缘故，他的十二位妻子在施暴时会更加放肆。她们对他一顿暴揍，捶、踢、扭、拧、掐、咬，用尽了女人所能想到的一切用刑手段。但在发泄完压抑的愤懑之后，她们竟迅速变乖，像一群无辜的少女，围坐在身段矮胖的夫君身边，聆听他的教诲和指导，露出内疚和崇敬的表情。

正是在古怪的施虐和受虐中，地下国王和爱妃们的关系变得水乳交融。黑暗遮蔽了这场秘密的喜剧，而它才是最值得书写的篇章。洛伦佐十五世沉迷于这样的状态，他比世上任何人都更加幸福。他唯一痛苦的是每天的最后时段。因为家族起居手册规定，在入睡之前，他必须逐个拜访每位爱妻的屋子，在里面逗留片刻，向她们交出自己的体液。尽管洛伦佐家族在房事方面具有异禀，但他还是对此感到厌倦。如果不是为了履行家族的繁衍责任，他会坚决地废弃这种无聊的睡前美食。

“刚才，一个身上长着圆圈的男人，走进我们的世界，带来了地上发生的坏消息。”他以这种方式开始讲述他的故事，声音发闷，但很迷人，具有某种催眠的力量，“有人在推行暴政，有人想要造反，提佐克即将发生前所未有的大事。对此，我要你们每一位都做好足够的准备。不但如此，后面还有更大的事情在等着我们，不过，要是我现在就说出来，你们每个人都会吓死……”他逐渐压低嗓门，让故事听起来显得更加诡异，而女人的耳朵也随之变得更薄更大，犹如一些能感知秋风的树叶。洛伦佐十五世感觉到了这种细微的变化：她们像跳鼠那样聆听，转动双耳，屏住了呼吸。

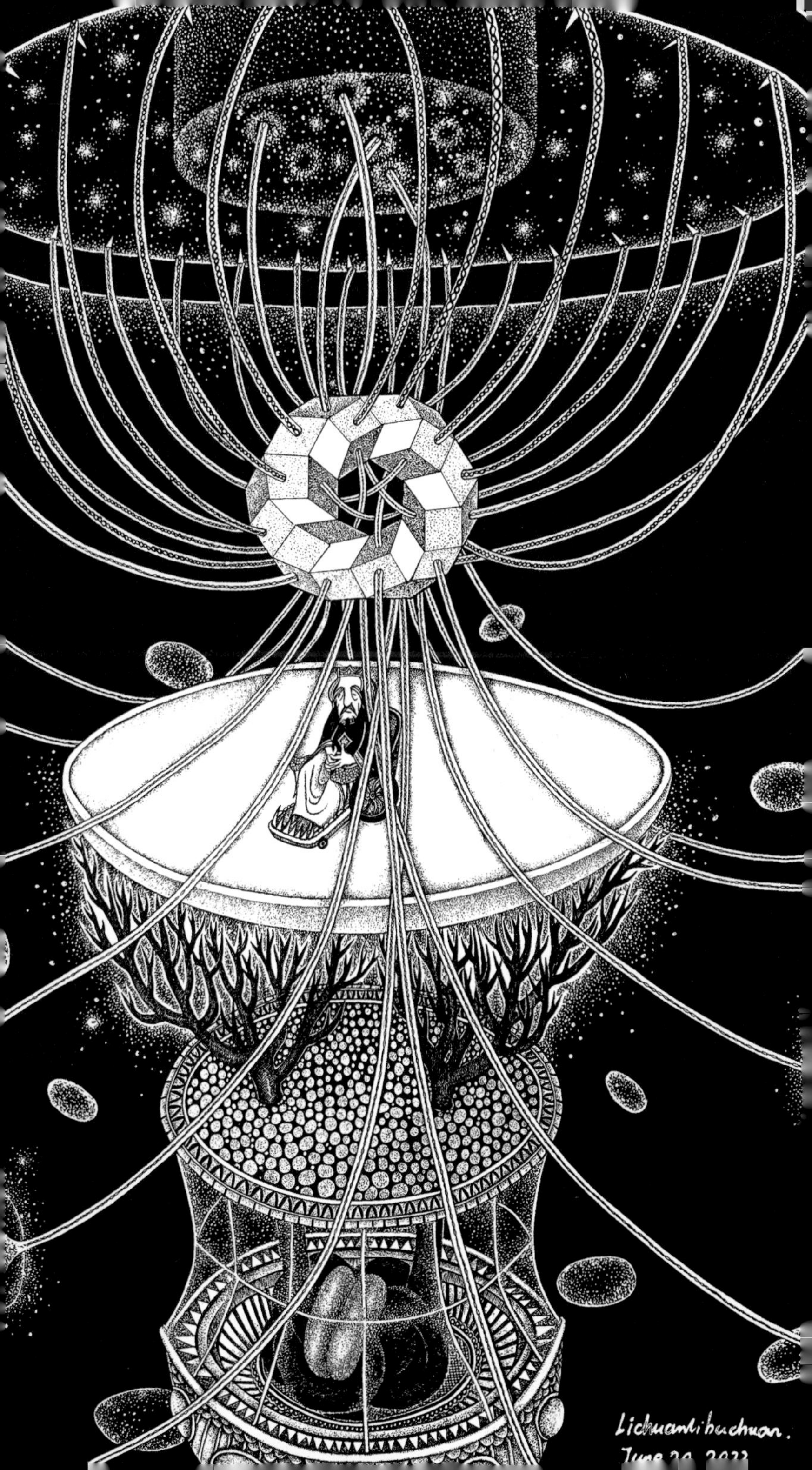
Lichuanlihuachuan.

父与子的最后对话

1790年8月25日午夜

提佐克城，大桶墨尔斯家

就在洛伦佐十五世举行夫妻会议的同时，墨尔斯终于回到自己家里，心身俱疲。他强烈地意识到，失去丹娜的世界，竟如此空寂和凄凉。幸好还有波波卡在家里守着，否则他都没有踏进家门的勇气。他努力以平静的语调，说出了丹娜死去的事实。波波卡把脸埋进手掌，竭力抑制住自己的悲痛。墨尔斯告诉儿子，这不是寻常的事故，而是一次蓄意的谋杀。这样的谋杀，过去在他身上发生过多次，但都没有奏效，这次，霍皮的魔掌，竟然伸向了妻子丹娜。墨尔斯痛悔自己不应忙于长老会的事务，而忽略了她的安危。父子俩紧紧抱在一起，失声痛哭。

经过一番尽情的宣泄，墨尔斯开始平静下来。他告诉波波卡下一步的计划。他要去礼拜塔神庙救出安吉，带她回家，并说服她跟霍皮断绝关系。波波卡说，安吉能平安回家就好，他已经准备好飞行器“夜鹭”，他们可以从屋顶的平台上起飞，一直逃进森林。墨尔斯说，这个可以做备用方案。安吉的首要使命，是要对提佐克人民说话，向他们揭露霍皮的罪行。一旦失败，再用“夜鹭”逃走。墨尔斯说：“到时候你们两个一起飞走吧，我要留下来，加入老豹子的计划。我要为你的母亲复仇。”

波波卡问：“那该用什么方法进入神庙呢？”

墨尔斯说：“我可以杀死守卫的士兵，从他们身上找到钥匙。”

波波卡说：“我做了一把万能钥匙，是专门开礼拜塔上那几道锁的。”

墨尔斯忽然觉得自己以前对儿子过于轻视，一直把他当作未成年的孩子，没有想到，他已变得如此成熟，拥有卓越的创造性和预见性。他欣喜地望着儿子，脸上露出罕见的爱意。

“你小子真行啊！”他情不自禁地赞道。

他们开始进一步讨论整个计划的细节。七天后是丹娜的生日，墨尔斯主张，在那天接近黎明的时刻动手，救出安吉。那时士兵的警戒最为松弛，而逃回大桶之后，刚好太阳升起，那时，利用霍皮夜晚纵欲上午晚起的习惯，正好可以从七层走廊上向全体民众发布演说。如果安吉拒绝，就强迫她跟波波卡一起飞走。这样最坏也不至于让她为霍皮殉葬。波波卡担心雨水会熄灭灯火，给飞翔造成困难。他疑惑地问，这个计划有没有跟老豹子商议过。墨尔斯说："不必了，这原本就是他的意思，但我们不要用细节去烦劳他。他正在组织起义，忙得死去活来。"波波卡总觉得计划里有什么地方不对劲，很想提醒父亲审慎行事，但又说不出什么理由，只是一味坚持说："我要跟你一起去救安吉。"但墨尔斯对此不置可否。

波波卡知道，安吉对提佐克人讲话，必须用到那台名叫"神圣机器"的扩音装置，但礼拜塔是霍皮防守的重心，所以先得设法将其偷偷卸走，搬到大桶七层上来。不过一旦偷窃行动失败，他还得有一个二号计划才对。他的设想是预备一个更为轻便的扩音器，可以放在任何地点。为了这个方案，他提前制作了一个圆锥体的金属框架，在上面蒙上小羊皮，把它弄成一只带嘴的大喇叭，外径达到五肘，又再加上一个可折叠的木质支架。只花一个提佐克时辰，他就完成了这件轻巧的作品。他管这个小型扩音器叫"安吉之唇"。他想象女神妹妹站在门外走廊上，迎着初升的朝霞，面若桃花，巧鼓舌簧，向霍皮和他的统治机器宣战，而他和父亲分别守护在她的两侧，犹如一对护法的神尊。

墨尔斯收拾妻子的遗物，找出安吉留给母亲的超大红宝石，用一个小皮囊仔细装好，又从木柜夹层里找出一把西班牙铁剑，然后来到儿子的实验室，把宝石交到他手里。“这是我们家唯一值钱的财产，假如你和安吉能逃出提佐克，这块石头会给你们带来好运。”墨尔斯说，“另外，我还要告诉你一个秘密，那把黑曜石短刀，不是寻常之物，它拥有某种我都无法掌控的能量，可能附有黑曜石刀神的灵体。我们家的任何成员，除了你母亲，只要拥有我的血缘，就能跟短刀结合，拥有战无不胜的力量。那天我把它交给安吉，是希望她能够用来防身，对抗霍皮的邪能。我唯一的担心，是这刀会落在霍皮手里。一旦跟他的眼睛和声音结合，刀就会产生强大的能量，令他变得不可战胜。”

听罢墨尔斯这番话，波波卡不禁打了一个大大的寒战，心中的不祥预感变得更加强烈。望着父亲憔悴的面容，他翕动了一下嘴唇，想说些什么，但最终什么都没说。但他心里明白，无论未来会发生怎样的不测，他都将跟父亲共同面对，无所畏惧。他是这个破碎家庭的最后防线。

第六章

胜利与出走

发狂的黑曜石宝刀

1790年8月28日凌晨

提佐克城，大桶墨尔斯家——神庙——广场

墨尔斯在下半夜醒来，先看了看沙漏，看了看天色，起身盘腿而坐，把整个行动计划仔细推敲了一遍，没发现什么破绽，便点火烧水，仔细擦过身子，穿上黑色的夜行短服，把铁剑背在身上，悄然掩门而去。波波卡还在自己屋里熟睡，丝毫没有觉察父亲的动静。这是一次艰难的营救和博弈，墨尔斯不想让儿子也身陷险境。

墨尔斯仿佛重返少年时代的丛林，像美洲豹那样，机警地踩着无声的肉垫，快步走下楼梯，在细雨迷蒙中走过广场，穿过六角大楼后端，进入礼拜塔的底层。两名正在执勤的警卫一见墨尔斯，顿时惊慌起来，赶紧挺着长矛刺他，墨尔斯挥剑而战，只用几个回合，就轻松地取了他们的狗命。他掏出万能钥匙，逐一打开走道上的门扇，一直来到旋梯下面。他知道，上面还应该有一名警卫，他蹑手蹑脚地走上旋梯，在尽头停下，故意弄出一点响声，坐着打盹的看守闻声起身，走来探看究竟，墨尔斯挥手就是一剑，割断了他的气管。

墨尔斯站在神庙门前，心脏开始剧烈地跳动，因为马上就要见到一位久违的亲人。他稍稍平息了一下情绪，然后用士兵身上的钥匙，逐个打开三把大锁，推门进去，只见宝贝女儿正躺在床上，头发披散，冰清玉洁，宛如一个睡美人。他心中有所不忍，迟疑了一下，还是轻轻拍了拍她的肩膀。

女神从睡梦中蓦然醒来，受了很大的惊吓，只是借助昏暗的光线，才看清眼前站着自己的父亲。

墨尔斯柔声说："安吉宝贝，我是爸爸，我来领你回家。"

女神恍若梦中，又过了片刻，才慢慢回过神来，摇着头说："我不能离开，这是我的神庙，我要在这里住下去。"

墨尔斯说："不，我的孩子，你不属于这里，你只属于大桶。"

女神眼里露出抗拒的神情："我要见到妈妈，你到底把她怎么了？是不是你杀死了她？"

墨尔斯说："晚点我会告诉你事情的全部真相，但你现在必须跟我走。”

女神说：“不行，我要让霍皮知道。”她顺手扯了一下通往霍皮宅邸的铃索。

墨尔斯正在透过窗口向广场里张望，没有留意这个细微的动作。他回过头来，用不容置疑的语气说：“带上你的黑曜石刀子，走吧。”

女神从床垫下翻出短刀交给墨尔斯。墨尔斯拔出刀子，扔掉刀鞘，将冰凉的刀柄塞到女儿手里：“你要拿着它，等下我们可能会遇到不少麻烦。”他的大手紧攥着安吉的胳膊，强行把她带出神庙，下了旋梯，穿过阴郁的走廊和门扇，朝内庭大步走去。这时细雨初歇，天色也开始发白，建筑物显露出古老而典雅的线条，就连那些紧贴在石头表面的苔藓和露珠，都已历历在目。

女神低声抗议说：“爸，你弄痛我了。”墨尔斯才发现，他的手攥得太紧，不由得歉意地一笑，松开手说：“对不起，还是你自己走吧。”

他们穿过六角大楼的门廊，正要迈出面朝广场的大门，墨尔斯突然发现，宽大的台阶下面，已经排满手持长矛和弓箭的士兵。霍皮站在队列的最前沿，向他发出得意的狞笑。

“你的女儿向我报警了，这点你没有想到吧？”霍皮大声说道，“你始终没有弄明白，现在她已经跟你无关，她成了我的女神。她跟我做爱，向我交出她的灵魂和肉身，还把她的能量传输给我。而你对她而言，不过是一个普通的绑匪而已。”

墨尔斯哈哈大笑：“笑话，你才是一个无耻的绑匪，你杀了我的妻子，绑架了我的女儿，利用她来保护你的暴政。我发誓，这次我一定要阻止你的罪恶。”

霍皮恼怒起来，收起笑容，向身后的士兵发出攻击的指令。他们于是举起手里的长矛，刺向墨尔斯的身子，而墨尔斯挥剑迎战，反手刺死了几名身形笨拙的士兵。霍皮不敢使用弓箭，生怕误伤女神，而墨尔斯也无法冲出重围，双方一时陷入了僵局。这时大桶的居民们都被惊醒了，他们纷纷拥上走廊，观望这场前所未有的对决。波波卡也被惊醒了，远远看见父亲手持利刃，正在跟大批士兵对峙，不禁为自己的昏睡而后悔莫及。老豹子带着一队武装采集者，朝六角大楼现场飞速赶去，许多民众也在赶去围观的途中。他们知道大桶距离太远，看客应该尽量靠近现场。

墨尔斯对女儿耳语道：“这次你真的要当一回人质了。”他用剑刃抵住安吉的脖子，对霍皮大声说，“你要是再不让开，我就跟女儿同归于尽。”

霍皮有些恐慌，迟疑了一下，挥手叫士兵让出路来。墨尔斯押着女儿向外走去，从霍皮面前经过时，女神突然奋力挣扎，想要摆脱父亲的控制，但墨尔斯紧攥她的胳膊不放，安吉一时性急，挥动双臂，用力甩开父亲的手，手上的黑曜石宝刀，不慎划过墨尔斯的肋下。

墨尔斯身子突然一震，像木偶那样僵住了。宝刀仅仅划开一道浅细的口子，但伤口却迅速爆裂，从肋下一直蔓延到胸口。鲜血如同泉水一般喷涌而出，然后，一枚硕大的心脏跃出胸腔，在石板地上不停地跳动，犹如某种古怪的史前生物。

墨尔斯睁大无限惊愕的眼睛，呆望着自己的脏器，不敢相信这个可笑的结局。他原本是可以永生的，但安吉是他的女儿，拥有羽蛇神家族的各种法力，只有她才能杀死自己的父亲。墨尔斯万万没有料到，女儿居然成了他的终结者。但他还没来得及说出一个字，就已沉重地倒下，像一座被推翻的石像。

他见到的最后一幕世界景象，是那只头带白斑的乌鸦，缓慢地飞落在他身边，目光温柔地向他注视，像人类那样流出清亮的泪水。墨尔斯知道，那是妻子丹娜的眼泪。墨尔斯微微一笑，好像卸下了所有的重负，然后呼出生命中最后一口气息。从他怀里掉出一本翻破的旧书，上面印着“提佐克奥义书”字样。鲜血迅速浸没书页，把它染成了殷红色。

安吉紧握着黑曜石宝刀，同样无法相信眼前的事实，她扑倒在霍皮怀里，失声痛哭起来。大祭司温柔地拍打着她的后背，好言抚慰。就在这时，天空突然变得昏暗，天上乌云迅速聚集起来，狂风大作，飞沙走石，闪电和雷声包围整座城市。无数乌鸦惊飞起来，在提佐克上空盘旋。提佐克大钟忽然被什么东西敲响了，悠长的钟声一直持续了九下。天边还出现隆隆的鼓声，但它并非来自提佐克祭司，而是来自高不可及的天界。

大地上的人们惊惶地看见，一位身材高达十八肘的大神，在闪电中从天而降，威风凛凛地降落在六角大楼的台阶上。他头戴插满羽毛的帽冠，前额上的“ƻ”字符闪闪发亮，脖子挂着眼珠子串成的项链，身披一席棕色的斗篷，其上插满乌鸦或猫头鹰的羽毛，正是民间传说中的羽蛇神形象。

羽蛇神走到墨尔斯的尸体跟前，很怜惜地看了一眼，然后对安吉说：“孩子，只有你才能杀死我的孩子，因为你是我孩子的孩子。”他又转脸环顾四周，看着那些正在捕杀墨尔斯的人们，表情忧伤：“看哪，你们害死了我派来照看你们的好人。你们把提佐克变成了苦海。你们快改悔吧，大灾祸就要来了！”他停顿了一下，低头望着墨尔斯：“现在，我要带我的孩子回家。”

他弯腰拿起墨尔斯的尸体和心脏，分别放在双掌上，托着它们，冉冉升到半空，周身放射出耀眼的蓝色光芒，灼伤了提佐克人的眼睛。羽蛇神在云端上旋转起来，如同一只顶天立地的陀螺。有一种嘹亮的三音符的大音，响彻整个天地。天空上随即出现墨尔斯的面影，

那是光和云组成的幻象。安吉困惑地看到，墨尔斯在朝她微笑，朝六角大楼微笑，也朝整个大地微笑，仿佛获得了最高的解脱，随后，他跟羽蛇神一起，消失在炫目的大光之中。

几乎所有提佐克人都目击了这不可思议的场面。他们先是陷于一片鸦雀无声的死寂，而后如梦初醒，跪倒和匍匐在地，口里吟唱羽蛇神颂歌，怕得浑身发抖，死活都不敢抬头。一些女人在低声啜泣，为那个受难死去的男人，也为即将到来的降罪时刻。大桶第七层的走廊上，一位身穿白袍的长老，大喊一声“神呀，我来谢罪了”，翻过栏杆纵身跳下，躯体砸在地面的石板上，刹那间肝脑涂地，鲜血飞溅到十肘以外。

老豹子此刻已经率众赶到，还来不及出手营救，事态已经急转直下。他目击这一切，不由得目瞪口呆。他跟人群一起下跪，却忘了磕头，直着腰板，仰头眺望天空，不禁悔恨交加：“原来他才是羽蛇神之子！我真该死，我他妈瞎了一辈子的狗眼！”

洛伦佐家族的时空转向

1790年8月27日

永动机帝国的水晶厅

洛伦佐家族的“向下工程”，遇到了一件不可思议的怪事。挖掘小队开挖垂直深井，在四百肘的深处，跟一个更古老的地下世界邂逅。挖掘机无意中挖开一个洞口，里面露出比提佐克广场更加宽阔的圆形大厅，四周有十六个垂直深井，是通往另一地下世界的要道，与之相配的是十六台白色飞行器。挖掘工人起初不知道它们的用途，但无意中登上飞行器之后，它就神奇地自主启动，把他们带往六万六千肘深的地心。

在那里，挖掘小队发现了一座近乎完美的奇迹城市，比提佐克更大，由类似水晶的物质构成，被一种巨大的光明所笼罩。尽管城中空寂无人，但一切都如此鲜活，仿佛居民刚刚离去。花朵还在盛开，喷泉还在喷水，池塘里的鱼还在游动，后院的公鸡还在打鸣，甚至家庭壁炉里的火焰还在燃烧，炉台上的锅里还在炖着鲜美的肉汤。乍一听到这个消息，洛伦佐十五世觉得难以置信，决定亲自前去探看。自从飞行器向下高速行驶的那一刻起，他就饱受惊吓，直到旅行结束为止。他在那鬼魅般的城市转了三个提佐克时辰，然后目瞪口呆地重返自己的世界，并带回一些重要文件，还有一片热带雨林才有的苔藓，具有柔软的质感、潮凉的温度和淡淡的清香。他终于意识到，一个伟大的文明正在向他的家族开放，而这只能是来自羽蛇神的馈礼。

洛伦佐十五世在水晶厅里召开家族会议，对他们宣布这个伟大的发现。不仅如此，他还描述了文件中所提到的地心城市群。它拥有上千座相似的成员，如同地面世界的倒影，由密集的隧道衔接，并有几十个地面出口，其中之一就是中美洲热带雨林里的金字塔，而其他的出口，不是位于大洋上的岛屿，就是在崇山峻岭的深处。永动机的真正使命，并非用来供养提佐克的居民，而是负责为地心世界提供光线、空气和水。这样的机器有数百台之多，分布于世界各地。他带回的另一份文件表明，编号为第229号的提佐克永动机，使用期限接近归零，它的管理团队需要尽快撤离。此外还有第三份文件，那是关于撤离程序的详尽指南。这些文件被放在地心城市管理中心办公室的桌上，以盲文写就，显然是神特意留给鼹鼠人家族的。神无所不在，而他的眷顾也无微不至。

洛伦佐十五世还宣布，他要修改不干预地面世界的律法，为提佐克城的起义者提供支持。但他承诺这是最后一次干预，而后，洛伦佐家族的三千五百名成员，就将终止跟地表人的联系，放弃现有的浅层家园，切断隧道通路，甚至抛弃外围组织“十三帮”，抹除一切痕迹，完成向大地最深处的搬迁。

令他深感意外的是，包括十二位妻子在内的全体家族成员，平静地接受了这个神迹，并未表露出预期中的情绪激动。他们对搬迁本身毫无异议，所关心的似乎只有一件事：鼹鼠人该如何在光明的新世界继续生存？洛伦佐十五世对此这样回答说：“我暂时还不知道神的安排，但我相信，我们的眼睛将在那里重新复明，我们将找回被祖先丢失的视力。”他就这样巧妙地掩饰了自己的无知。

不仅如此，在接下来的几天里，他还要向那个声音迷人的女人查克撒谎，跟她谈论鼹鼠人未来加入长老会的打算，尽力向地表人掩盖这个逃遁计划。他知道这种背信弃义的逃遁行为是无耻的，但又是如此伟大和激动人心，因为它为地下家族提供了无限美妙的前景。这场搬迁游戏的本质在于，他们看起来会降到最深的地狱，而事实恰好相反，他们将升上最高的天堂。

巴蒂，巴蒂

1790年9月12日—17日

提佐克城，巴蒂家——大桶三层走廊

巴蒂的父亲在六角大楼下移植大树，不慎被倒下的树干砸中后背，伤了脊椎，导致下半身瘫痪，一时无法行走。巴蒂只好请假在家，照看可怜的老爸。制造者首领莫特祖玛被老豹子说服，加入了谋划起义的队伍，成为其中的骨干分子。由于巴蒂父亲负伤，他特地选择他家为聚会地点，因为那样就能以探视同僚伤情的名义合理地出入，不易遭到警察的怀疑。他们在狭小的屋子里短促地开会，言简意赅，商议武器制造和运送的计划，在暗淡的光线里，年轻的制造者虽然嗓音低沉，但眼神清澈，牙齿洁白。巴蒂被这种神秘的革命氛围所感染，先是热情地为他们冲泡热可可，把母亲从霍皮那里换来的可可豆挥霍殆尽，继而投身于他们的队伍。她知道这些勇士能帮她杀死霍皮，为惨死的母亲报仇。

她进而自告奋勇，假装在走廊上扫地，替开会者望风，看有没有巡逻的士兵走过，有时也会替造反者送信，扮演信使的角色，因为清理者的身份，令她可以自由出入大桶。她从别人嘴里听说，对付士兵和警察的最佳方法，就是身上洒满香水，半袒酥胸，在两乳之间挂上黑牌，以此瓦解护卫者的意志，让他们对她丧失警惕。她照此办理，果然非常灵验，三四天里就成功地送出了十几条信息，看起来一切都非常顺利。

但天有不测风云，到了第八天正午，事情突然起了变化。为节省送信时间，巴蒂想走广场捷径前往对面的大桶。天气炎热，广场上阒无一人，她很得意于自己的聪明选择，不料途中遭遇霍皮的首席助理祭司特里奥。他遵照霍皮的指令，正在旁若无人地巡视城市，跟巴蒂撞了一个满怀，不由得色心大起。他老早就觊觎她的美色，但始终没有上手的机会，这次看见女孩袒露酥胸，一副招蜂引蝶的模样，不由得色心大发，赶紧叫住巴蒂，故意盘问她是谁，叫什么名字，在第几层居住，工作期间来广场干什么，如此等等。巴蒂哪里经得住这样的拷问，一时惊慌起来，结结巴巴地回答，前言不搭后语，更显得楚楚可怜。特里奥按捺不住，就出手调戏她，捏她的脸蛋和胸脯。巴蒂因羞愤而奋力挣扎，一不留神，藏在怀里的信筒滚落在地上，在寂静的正午时分，锡制的小圆筒撞击石板，发出清脆响亮的回声。

特里奥好奇地捡起信筒，打开一看，竟是一份武器制造的图纸，上面还标明了提货的时间地点。他不由得大吃一惊："你这小骚货，居然还敢造反，你你你是在找死！"他把她逼到墙角，双手狠狠卡住她的脖子，把她活活掐死，又花了三分钟时间，奸污了她的身子，然后揣好信筒，准备去向霍皮报告。这时老豹子刚好路过，见特里奥从巴蒂身上爬起，提着裤子就要开溜，而巴蒂躺在地上纹丝不动，显然已经死去，不由得怒火中烧，决定除掉这条霍皮手下的恶犬。于是，在特里奥的尖叫声中，他把黑曜石短刀三次捅进他的腹部，然后拿走了他手里的信筒。

"可惜了，多好看的女孩！"他不认识巴蒂，更不知道她跟波波卡之间的关系。他在巴蒂的尸体前站了片刻，长叹一声，痛悼这个年轻的生命，它竟凋零于正午的阳光下，比那些雨林里的鲜花更加短命。

波波卡营救安吉

1790年9月18日

提佐克城，大桶墨尔斯家——神庙——广场——永动机帝国

提佐克弥漫着前所未有的惊慌情绪，犹如一场无法制止的瘟疫。所有店铺和作坊都终止了营业，百业迅速萧条起来。由于提佐克杀死了羽蛇神之子，即将遭到神的严厉责罚，人们为此陷入不知所措的绝望之中。霍皮下令把安吉送回神庙，自己则心事重重地回到指挥中心。今天出现的这个结局，他无论如何都没有料到。他甚至没有登上礼拜塔眺望台发表演说，去安抚一下动荡的民心。他心乱如麻，一时变得不知所措。

关于墨尔斯的谎言，因羽蛇神的现身而面临破产，助理祭司巴克被人杀死，弃尸街头，这两件事都让霍皮感到从未有过的惧怕。他无法预料，那些愚蠢的刁民究

竟会做出什么样的疯狂举动。他返回办公室，经过反复思量，决定再次颁布政令，大幅提高制造者的赋税，加速财富扩张，用来增加护卫者的薪饷，并要求警察和士兵都随时处于紧急状态，全城戒严，防范可能出现的大规模骚乱。城市里到处布满手持武器的职业军人，还有被武装起来的清理者民兵。他们守住大桶的每个交通要道，设立石头哨卡盘查路人，还四处巡逻，不许任何人擅自上街走动，违者当场处死。他原本还计划杀死墨尔斯的儿子波波卡，将安吉的血缘关系剥得一干二净，但现在却有所忌惮。这个家族显然跟羽蛇神有关，要是继续追杀，他担心会遭到神的严惩。

于是他只能把暴政的利刃转向普通民众。为了加紧制造恐惧气氛，霍皮下令处死那些被告密者揭发的反叛者，把他们的心脏挖出来，放进石质烧杯里点火烧掉，又在死亡大道两侧竖起高大的木架，把他们的头颅悬挂在支架上，犹如垂吊于提佐克上空的人肉风铃。那些首级在风中不断旋转，鼻子跟耳朵、嘴唇跟后脑勺、颧骨和前额彼此撞在一起，发出沉闷的声响；颈腔里残余的血块、混合着的黏液，以及碰撞中松动的牙齿，先后跌落在地面上，跟雨水混合起来，形成污秽而恐怖的画面。

提佐克得了令人绝望的怪病，成为一个笼罩在所有人头上的噩梦。居民躲在大桶的家里不敢出门，稍微大胆一些的，利用走廊串门，议论朝政，散布各种彼此矛盾的谣言，借此发泄与日俱增的怨气。但那些告密者也参与了这类议论，他们混迹于街坊邻居之间，听取他们的言论，然后报告给距离最近的士兵。士兵立即跑来实施逮捕，就地正法。最后，所有人都闭上了自己的嘴，大桶的走廊彻底沉寂下来，整个提佐克成了一座死城。

墨尔斯的儿子波波卡躲在家里，欲哭无泪。在短短数天里，他先后失去了自己的母亲和父亲，这是何等惨烈的经历，令他有一种生不如死的苦痛。但他还是克制住悲伤和愤怒。现在他只剩下最后一个亲人。他要实现父亲的遗愿，把妹妹从神庙里救出。老豹子派来向他传讯的采集者，在大桶楼下被士兵抓住，当场被砍下了头颅。在无法得到外援的情形下，他只能独自展开行动。

但波波卡还要继续等待。“夜鹭”在雨季会因淋水而无法飞翔，为此他必须等到十一月旱季。而在六十多天的漫长日子里，他必须学会忍受那种令人窒息的孤独。于是他在白昼继续做各种发明，而在凄风苦雨的黑夜，靠撰写回忆笔记打发时光。但回忆不过是一种饮鸩止渴的做法，它把思念变成刺向自我灵魂的刀子。

波波卡在日记中仔细回顾了妹妹安吉的原初影像。那是他两岁时的清晰记忆。他目击了安吉宝贝的诞生，心中的快乐难以言说。她被母亲抱在怀里，浑身光裸无毛，蜷曲着身子，两手紧紧抓住母亲的乳房，像小猫那样发出惊天动地的哭声。他知道，就从那一刻开始，他跟妹妹结上了生死之缘。她成了他生命中最明亮的事物。当她向他凝视的时候，只要微微一笑，就能把他杀死。在此后的所有记忆中，安吉的形象总是带着莹白色的光环，如同美丽的女水神缇查尔。

有一点他确信无疑，那就是从幼年开始，他就感知到了她的女神本性。波波卡的记忆高潮，是他七岁时遭遇的一次灾祸。那天阳光灿烂，整个大桶都笼罩在宁馨儿的气息之中。他在六层长廊上玩耍，攀缘栏杆，向妹妹炫耀自己的技艺，一不留神翻出栏杆，差点儿坠下楼去。他一只手紧抓栏杆，整个身体都已悬空在外，眼看就要摔成肉饼。那些在长廊上行走的路人，见到这惊心动魄的一幕，全都发出了惊呼。就在那个瞬间，只有五岁的安吉轻喊了一声，说出三个类似咒语的语词，而后抓住他那只悬空挥舞的手，以惊人的力气，将他的身子一把拉起。她事后告诉波波卡，她也不知道自己刚才喊了什么，她只是在当时突然变成一个大力士，但转眼之间，她又恢复成柔弱的小女孩，被刚才的场景吓得面无人色。对于这个秘密的神迹，他跟安吉保持了沉默，对谁都没说，就连墨尔斯和丹娜也不例外。

终于等到了雨水停歇的日子，太阳钻出云层，露出了罕见的笑容。波波卡在走廊上晾出黑白相间的床单，但愿妹妹能及时看到，并懂得它所携带的“相见”密码。然后，他在屋里一直挨到天黑。临近午夜了，天上没有一丝月光和星光，甚至连风都没有，空气像乳胶那样凝固起来，提佐克处于闷热的漆黑之中。波波卡利用预先挂好的绳索爬上天台，躲在临时堆垛后面，等到巡逻兵敲击盾牌的声音远去，便开始打开防水包裹，熟练地安装他的“夜鹭”。半个时辰过去，一切都已安排就绪。他点燃油灯，令气囊膨胀起来，形成一个巨大的球体，带动他所乘坐的船舱，缓缓地升上半空。波波卡调整机翼的方向，熄灭灯火，让气囊收缩，随即开始向礼拜塔滑翔。一个在地面上巡逻的士兵，恍惚看见天上飞过一只大鸟，还以为是眼睛出了错觉。

波波卡从没玩过这种庞然大物，就连事先练习的机会都没有，所以无法熟练操控垂直尾翼上的方向舵。“夜鹭”绕着礼拜塔转了几圈，一头撞上塔顶的瞭望台，机翼插进栏杆，犹如一只撞死的巨型怪鸟。波波卡丧气地从篮子里爬出来，跳到平台上，心想，这只“夜鹭”算是毁了，下一步只能依赖步行。好在大桶天台上还有垂直绳梯、箭弩和滑索，只要平安地越过广场逃到大桶，就能从那里离开提佐克。

波波卡沿着旋梯向下行走，发现神庙门口居然没有警卫。这种状况令他感到费解。他用另一把万能钥匙打开门锁，走进屋子，见安吉等他等累了，已经斜靠在椅背上睡去，手里抱着小狗，脸上犹自挂着泪水。听到开门的声音，她蓦地惊醒，见进来的是波波卡，不由得再次哭泣起来："好哥哥，你终于来了！你为什么这么晚才来，害我做了这么多的坏事。"

波波卡安慰说："这不怪你。你才刚刚成年。是霍皮杀死了母亲和父亲，而不是你。现在，我要实现他们的遗愿，带你离开这个被诅咒的地方。"

"是我错了。我想弥补我的过失。"

"傻妹妹，我们还是先逃吧。只要活着，就有机会赎罪。"

安吉含泪点点头，抱起了小狗，又看了一眼正在笼子里酣睡的鹦鹉，有些恋恋不舍。波波卡牵着她的小手走出神庙，转下旋梯，用万能钥匙从里面逐一打开门锁。奇怪的是，底层站岗的警察已经不知去向，还是安吉眼尖，看见了角落里躺着两具尸体，波波卡恍然大悟，身上涌起一阵暖意："准是老豹子在暗中帮助我们。"安吉用力点点头，心放宽了许多。这时，从石柱后突然转出一个壮硕的女人，波波卡吃了一惊，定神望去，原来是老豹子的情人查克，只见她目光炯炯，手里提着一把带血的西班牙钢刀。波波卡满含感激地朝她点头致谢，然后跟妹妹一起悄然离去。

走出六角大楼的大门时，整座城市依旧一片漆黑，波波卡拉着妹妹的手，快速跑下台阶，沿着死亡大道，朝大桶的方向飞奔。就在靠近玉米神石像的地方，一群士兵突然高举火把，从黑暗里冒了出来："站住，什么人？"他们七嘴八舌地叫道。

他们赶紧掉头向另一方向逃去，气喘吁吁，却看见人影晃动，兵刃在黑暗中闪出微光。面对前堵后截的态势，波波卡知道，此刻已无路可逃。他绝望地对安吉说："难道我们今天会命丧提佐克吗？伟大的羽蛇神啊，你快来救我们吧！"

"不会的，羽蛇神不会抛弃你们的！"一个熟悉的声音从黑暗里传来。老豹子鬼魅般出现在他们面前，笑着招手说："跟我来吧，他们别想抓到我们。"

他领着他们钻进石像底座上的那扇小门，穿过弯曲而漫长的隧道，来到一间黑色大理石厅，那里挤满了手持武器的采集者，正在热烈地议论政事，一见老豹子领着他俩进来，大家赶紧闭上嘴巴，大厅里迅速安静下来。

老豹子说："来，认识一下，这是死亡女神安吉和她的哥哥波波卡。他们加入了我们，要跟我们并肩作战。"战士们发出了持续的雷鸣般的欢呼，声浪在石厅里萦绕，被不断反射和放大，变得回肠荡气。

老豹子接着又说："这是旱季到来的第一个夜晚，再过一小时，天就会大亮，钟声敲响的时候，起义就要开始。你们都是我的孩子，我要你们不惜流血，为提佐克的未来而战，消灭那些腐败和暴虐的蛆虫！这是你们父辈的骄傲，也是你们自己的荣耀！”

安吉和波波卡从来没有听过老豹子的演讲，他们的热血同样被他的激情所点燃。老豹子接着对各分队下达行动命令，并说了一些注意事项，然后带着大伙儿离开大厅，走进一条更为宽敞的地道。老豹子边走边对安吉说：“我现在要去六角大楼，而你们应该马上去大桶做好准备。天亮以后，你要在第七层发表演说，向民众揭露霍皮的罪行。”他关切地看了一眼安吉，“孩子，你能做到吗？”

安吉走得快了，有点儿气喘，因为她被长期囚禁，双腿肌肉已经开始萎缩，但她还是勉力前行，并神色坚定地点头说：“我能，我会大声说出我这些天的感受。”

老豹子开心地笑了：“你父亲在天堂里看着你，他将为你而感到自豪。”

在隧道尽头，老豹子把他们交给一大群全副武装的采集者：“从这里上去就是大桶，他们会保护好你们的。我要干活去了。我们胜利后再见吧！”他的眼神中带着父亲般的暖意。

隔着那些采集者，一个熟悉的身影正在冲波波卡微笑，他仔细一看，原来是莫特祖玛，制造者的首领，那个曾经因为走错楼梯而被母亲暴打的男孩。他恍然大悟，原来制造者也参与了起义的计划，那些制作精美的武器，应该就出自他的团队。波波卡心头一热，赶紧朝对方挥手致意，但莫特祖玛很快就被人流推走，融化在刺目的地面阳光里。

女神向民众发表演说

1790年9月18日

提佐克城，大桶——礼拜塔——长老会议事厅等

安吉出现在第七层走廊时，礼拜塔上的铜钟，正在发出喤喤大音，它是革命爆发的信号。从大桶上俯瞰，一幕宏大的战争戏剧正在上演。老豹子的军队从地缝里冒出，就像一支天降奇兵。他们先是把六角大楼团团围住，朝各个入口发起猛烈进攻。士兵们在指挥官的督战下负隅顽抗，但随着更多人加入起义行列，防线开始出现缺口，随后被撕成了碎片。指挥官逃往大楼内部，而士兵们则丢下兵器，在大街上四散奔走，被起义者追逐，很快就乖乖地举手投降。霍皮势力出现了土崩瓦解的迹象。

老豹子领着队伍占领礼拜塔，然后爬上楼去，透过

神庙的窗户，挥动黑白相间的床单，向安吉致意。这是他们多年来约定的记号。波波卡默契地笑了。霍皮军队的溃败，比他们预料的更快，此刻他已经不需要“安吉之唇”了，因为遵照老豹子的命令，几个制造者从眺望塔上卸下“灵魂机器”，把它搬上了大桶第七层。波波卡心头大喜，赶紧帮着组装那些零件，接驳好铅皮管道，然后对妹妹说：“一切都妥了，我们这就开始吧。”

安吉身穿母亲年轻时的那袭白色长袍，披着长而卷曲的黑发，站立在“灵魂机器”面前，姿容美丽，周身放射着无邪的光辉。她的左边是波波卡，右边站着年迈的首席长老，而她的身后，是一排身穿蓝色制服的采集者。他们手持长矛和旌旗，摆出誓死拱卫女神的姿势。她的小狗趴在地上，一只耳朵紧贴地板，另一只向天空张开。

安吉声音平静地说：“提佐克人民，你们好。我是安吉，我要在这里向你们道歉。”广场上的人们开始安静下来，整个提佐克都在屏息聆听。

“当我还是一个孩子的时候，父亲墨尔斯就告诫我说，我们应该爱我们的同胞。但是，当我看到这么多的死亡，这么多的苦难，我就开始怀疑，这难道是羽蛇神的计划吗？有一天，一个叫作霍皮的流氓，当着你们的面强奸了我。这让我感到无比羞耻。那时我又在问：难道这也是羽蛇神的意志吗？”

“不是！不是！不是！”人们在广场上大声此起彼伏地回应。

“的确不是。我被那个叫作霍皮的男人关在神庙里。从那里，我可以看见大桶里的每一户人家、每一个走动的身影，看见你们的生活，你们对我的期望。但是我很惭愧，因为失去了自由，我根本无法帮助你们。我并不是死亡女神，我只是羽蛇神之子的女儿而已。我的父亲已经遇害，你们知道真正的凶手是谁。羽蛇神带走了他的灵魂，但羽蛇神没有报复，羽蛇神宽恕了提佐克的冒犯。因为你们同样是他的孩子，他爱你们。只有在你们生命终结的时候，他才会穿着隐身衣悄悄地降临，带走你们的灵魂。这就是羽蛇神所做的一切。但今天在提佐克，有人冒着羽蛇神的名义说谎和杀人，就在短短五十天内，提佐克的人口下降了将近五分之一。这跟羽蛇神无关，这是一个屠夫的杰作。”

波波卡听得痴了，无限崇拜地望着女神妹妹的侧影。

“我在这里请求你们跟我一起祈祷，愿提佐克摆脱贪腐、屠杀和死亡。我的生命才开始不久，我不想在暴政和谎言的阴影里苟且偷生。我要跟你们一起，快乐而没有恐惧地活着！”

广场上的人群越聚越多。一些青年手持红唇花，安静地谛听女神的声音。她的脸上带着永恒的微笑，音色犹如天籁，言辞却比利箭更加犀利。那些剩下的霍皮支持者听着安吉的演讲，忽然丢下武器说："我们不打了，我们投降，我们不想与人民为敌，我们要成为女神的人！"霍皮的卫队士兵纷纷倒戈，齐刷刷地站到老豹子一边。就连"瘸子"这样的清理者首领，也向起义者投降，带人去拆除那些用来盘查民众的街头哨卡，指望能借此立功赎罪。起义迅速走向了预期中的尾声。

安吉的声音继续在广场上回荡："我是一个不懂事的女孩，由于天真无知，我失去了母亲，又由于上当受骗，我失去了自己的父亲。我一直在对他们的思念中忏悔，祈祷羽蛇神能让他们回到我的身边。我像你们一样，在等待爱、宽容、自由和正义的回归。那么你们说，我们能等到这个时刻吗？"

广场和大桶的走廊上挤满了人，他们此起彼伏地应道："会的！会的！会的！"

"好吧，我信了你们。我相信，这个时刻现在已经降临。这是一场伟大的起义，也是提佐克新时代的开始。"

广场上卷起了雷鸣般的欢呼。巴蒂的父亲站在人群中，艰难地拄着两根拐杖，脸上挂着喜极而泣的眼泪。年轻的女人们摇着红唇花，庆祝爱和正义回到了提佐克。老娘们也纷纷在走廊上晾出自家最漂亮的床单，大桶由此成了一件花团锦簇的艺术品。安吉无限喜悦，陷入一种神圣的眩晕状态，感到整个大桶都在高速旋转，仿佛一个巨大的车轮，世人的影像在她眼前飞快掠过，如同岁月流逝，大地沧桑，而她只是在默默地静观。大桶最后静止下来，凝然不动，回到了黑暗的石器时代。她醒来的时候，身子就躺在地板上，人们已经解散，只有波波卡独自坐在一边耐心等待，见她睁开眼睛，就赶紧告诉她说："妹妹，我们赢了，我们打败了坏人！"

老豹子的队伍占领了长老会，逮捕了那些霍皮派的长老们及其党羽。就在当天下午，老豹子请首席长老出面，从死去长老的家族里，遴选出年轻一代的接班人，接替父辈进入长老会，以民主的方式起草政令，恢复提佐克的政治秩序。就在会议开得热火朝天之际，老豹子根据一名助理祭司的口供，在一个叫作"塔缇娜"的私宅里，找到了霍皮本人。他当时正赤身裸体地躺在床上，身边横陈着五个女人，桌子上还有大量古书。老豹子随手翻了一下书页，满脸嘲笑地问道："我很好奇，难道你没有从书里找出什么救命的方法？"

霍皮一见老豹子，知道自己的末日到了，一反倨傲的常态，吓得浑身颤抖，裤裆湿了一大片，屋子里弥漫着屎尿的臭气。他跪在地上向老豹子行贿，求他饶他一命，他说："假如你放我离去，我会送你二十箱黄金，还有这些美丽的女人。"老豹子望着臭气熏天的首席大祭司，轻蔑地一笑："闭嘴吧白痴，你的命运不归我管，你的命运属于全体提佐克人。”

在新成立的长老会上，首席长老郑重宣布，霍皮所代表的独裁时代已经终结。随后，长老会组成临时法庭，经过长达三天的集体审判，宣布霍皮犯有渎神、伪造偶像、贪污、纵欲、谋杀等数十项罪行，并以羽蛇神的名义，判处其死刑，而他所贪污的两百箱黄金，将被铸成提佐克金币，分发给全体居民，其上分别带有墨尔斯、丹娜、安吉和老豹子的头像。他们四位成了新提佐克的灵魂人物。

为了不再渲染死亡和杀戮，让提佐克有更加明媚的政治前景，老豹子带着两个随从，在礼拜塔底部的地下室里，执行了对霍皮的秘密绞刑。

那间黑屋子曾被用来关押安吉，也是所有死刑犯临刑前的最后一站。打开屋门的时候，巨大的钟声恰好在头顶上响了起来。老豹子吓一跳，自嘲般地哈哈一笑，走进屋去，对坐在地上的霍皮说：“小子听呀，你的丧钟响了。”霍皮满脸绝望，一言不发。

老豹子在屋梁上系上绳索，打好活结，叫霍皮站上凳子，再替他套上绳索。他好奇地环顾四周，在潮湿的墙上，发现安吉用指甲刻下的记号—— 一个西班牙文的M，那是洛伦佐家族的徽记。老豹子指着那个记号说：

“看吧，这就是你的归宿[①]。我觉得你真可怜，死了之后，连个收尸的后代都没有。”这时霍皮终于开口了，有气无力地骂道：“去你妈的，少废话，动手吧，我在羽蛇神那里恭候大驾……”老豹子没搭理他的诅咒，一脚踢翻了凳子。霍皮的上身和两腿在半空中剧烈挣扎，不断地抽搐，然后慢慢趋于静止。当他的身子随着绳索转过来时，老豹子见到了一张新面孔—— 眼球凸起，吐着长长的舌头，就像是阿兹特克人“死人头”这个象形字。

“哈哈哈哈，这厮就连死后都是个戏子！”老豹子一边走出密室，一边朗声大笑，在花岗石走廊上，他的声音产生了夜枭般的回声。

① M是西班牙语“死亡”（muerte）的词首字母。

特诺奇兄妹走了

波波卡的回忆笔记

（1793年12月31日，雨林里的威齐洛波契特里村）

革命彻底扭转了提佐克的命运。孤独的城市开始缓慢地修复伤痛，逐渐从悲苦的记忆里摆脱出来，重回羽蛇神所伸张的正义轨道。很久以后我才明白，我们全家都是羽蛇神投放在提佐克的战士，我们的使命，就是营救这座被暴政毁损的城市。羽蛇神为此不惜牺牲他最心爱的孩子。我终于懂得，这是我们全家不可抗拒的宿命。

首席长老因年事已高，辞去自己的职务，长老会只能推选老豹子来担任这个要职；与此同时，新的羽蛇神祭司也被遴选出来，那就是安吉女神。但妹妹拒绝了这个看起来不错的神学头衔。她对提佐克有着复杂的情感，它充满爱、幸福和欢乐，但也饱含太多的创伤、耻辱与苦痛。

提佐克是一座早已过时的城市，就在革命成功的第二天，永动机及其大桶突然停止转动，与此同时，负责维修它的鼹鼠人，也从地下世界神秘消失，下落不明。这个毫无征兆的突发事件，引发了全体居民的骚动和不安，因为所有家庭的窗户朝向都被固化，它们跟阳光、气流和广场的关系变得不可更改，人居环境的物理平等形态遭到了瓦解。

老豹子跟查克一起，率领一支精锐的采集者小队，在地道里查了三天三夜，都没能找到鼹鼠人的任何踪迹，好像他们从来不曾存在过，或是被无边的地下黑暗所吞噬。作为“十三帮”成员的查克，有一种被欺骗和抛弃的感觉。老豹子也为此非常困惑，甚至感到一种莫名的恐惧。他瘫坐在从前属于父亲墨尔斯的办公桌前，跟查克两人面面相觑，许久都不能言语。

也许只有我才真正懂得这一事变的意义。外面的世界正在发生剧变，我们不能跟着古老的提佐克一起走向衰老。尽管老豹子在努力延续它的生命，但它终究会土崩瓦解，变得无可救药。永动机停摆是一个噩耗，它的死亡预告了提佐克的悲剧性命运。

由于广场和大桶天台被辟作农田，食物资源匮乏的困境得以改善，传统的物资配给制变得摇摇欲坠。这场有限的经济改革，引发一个出乎意料的后果，那就是它让长期压抑的提佐克欲望得以解放，享乐被视为生命的第一要义。居民的放纵推动公共浴池、按摩院和妓院的诞生，新的酒馆更是大量涌现，犹如雨后春笋。

就连老豹子这样的超级王老五，都放弃了长期独身的信条，转而跟性感大妞查克成亲，打算跟她生儿育女，繁衍后代。他要跟自己的五个养女展开生育竞赛。他身穿长老院袍服，还蓄起长长的胡须，看起来更像是一位道貌岸然的长老，但到了夜晚，在脱去道袍之后，他的举止却变得更加凶猛，跟他的年龄严重不符。查克对我偷偷抱怨说，老豹子变了，他比从前更像一头困兽。

我时常跟妹妹讨论我们的未来。她比我更渴望离去，反抗羽蛇神加在家族成员身上的命运，告别这座我们曾如此爱戴的城市。我把出走的决定告诉老豹子，他丝毫没有感到意外，也没有提出什么异议，只是表示有些难舍。他告诉我，森林里有他新建的秘密营地，我们可以先去那里居住，然后再寻找新的移迁方向。他取出一个土黄色的包裹，里面放着三个彩色陶罐，上面分别标注“箭毒膏”“催眠汤”和“驻颜水”等字样。

老豹子说：“这是你们父亲留下的遗产，对我没有什么用，你们随身带走吧，也许哪天会用上它。另外还有件事，我想应该让你知道，霍皮用来毒死长老的酒里，放的就是这种箭毒。你父亲到死都没弄明白，他做的毒药被霍皮的奸细偷走，变成了对付他的武器。这是我的责任，因为那是我下的订单。”老豹子长叹一声，眼里充满了无尽的恨憾。

我没向老豹子提出什么额外的请求，只愿他能恢复巴蒂父亲的第六等级待遇。我对老豹子说，虽然巴蒂的母亲出卖了安吉，但罪恶不该由她们父女承担，何况巴蒂还为革命献出了生命。老豹子是巴蒂之死的目击者，他欣然答应了我的请求，还说要给巴蒂在城外墓地里找一个最好的位置。他说他亲眼目击了女孩惨遭毒手，起因是一封起义者的密信。她是提佐克最年轻的英雄。

雨季重新降临的时刻，我和安吉趁着夜幕，从这座城市悄然出走。老豹子下令放下升降机，让我们离开。伟大的羽蛇神没有阻拦我们。随着马车跟城市间的距离逐渐变远，我知道，我们跟提佐克的缘分已经彻底了结。但老豹子不想让更多人知道我们的离去，因为那样会瓦解他们对本城的信念。我的心里充满无限的感伤，我在跟过去的岁月永诀。我们带着失去亲人的苦痛，带着那份世界地图，带着蛋形红宝石，带着刻有羽蛇神“₴”字符的黑曜石宝刀，带着我收集的各种图书和金属工具，还有那本沾满父亲鲜血的《提佐克奥义书》，去寻找仅属于自己的未来，无论前途有多么艰险。

在老豹子女婿的引导下，我们在树冠高大的原始森林里走了八天，越过那些不可思议的巨大石球和石像，抵达了地图上所标示的密营“威齐洛波契特里村”。这里长满遮天蔽日的果榕、雪松和望天树。令我跟安吉大吃一惊的是，就在这些大型乔木之间，掩藏着一座小型村庄，包含二十几间搭建在三十肘以上的树屋，彼此间用吊桥连接。每间屋子都掩蔽得很好，从树底下根本看不见它们的存在。屋子长宽约在六肘左右，以上等木材做成，外表还刷了白色的橡胶乳漆，可以抵御森林雨水和潮气，里面的家具和生活用品一应俱全。安吉喜出望外，她在柔软的棉褥上打滚和欢笑，在我的记忆里，她从未如此开心过。我真想对她说，她的笑靥，就是我的天堂。

我们就这样住进了密林深处。在原有弩机的基础上，我发明了一种可以同时射出九支利箭的排弩，用来猎取貘、郊狼和美洲豹。我们还耕耘被老豹子开垦后又废弃的玉米地。有时我们也会一起前往波光闪烁的大湖，在那里钓鱼、沐浴或晒太阳发呆。每隔一段时间，老豹子会派人送来一些衣物和食品，以及那种叫作“月光香荚兰”的好酒，那曾是墨尔斯和丹娜的最爱。

我还在继续从事各种科学实验。我发明了气温计、冷藏箱和运货滑轮车，我还改进“夜鹭”，把它变成热气球和滑翔机两种事物。在父亲留给我的三个药罐中，我特别中意“驻颜水”，因为它蕴含着某种永生的密码。我在药罐底部还发现了父亲写下的配方，我想在这个基础上推进，找出长生不死的终极秘密。这看起来有点儿违拗羽蛇神的意志，但也许正是羽蛇神的意愿，因为生命永远屹立在死亡的尽头。

安吉已经放弃叫我“儿子”的旧习，改口称我为“老公”。她拒绝回忆过去，因为那是不可触及的耻痛。她每天在读书之外，还致力于写诗。她扩写母亲的接生歌谣，创作了自己的诗篇。我知道，写诗是她自我疗愈的最好方式。在月光皎洁的夜晚，或带着雨露的清晨，她用清亮的嗓子高声朗诵，令我心醉神迷——

森林里长出一朵五彩的小蘑菇
春神的气息，吹入他的肺腑
他长在小路边，昂起了头颅

远处走来美丽的采菇女
身上挂着粉红的珍珠
边走边唱，迈着轻盈的脚步

小蘑菇想，我将是世上最快乐的蘑菇
如果她把我采下，插入发髻
我只需要那短暂的眷顾

唉，但姑娘如此走来
并没有注意小小的细部

她把蘑菇踩在脚下，继续昂首阔步

小蘑菇破碎，即将死去
但他依旧快乐地说道
我吻到了她的脚足，我多么幸福[①]

我在一张珍贵的羊羔皮上抄下了这首诗的副本，托人把它带给老豹子。我要让提佐克人知道，这是热带雨林的传奇。我们离开了文明的轨道，却更接近自然的真理。我们拥有提佐克所没有的财富。我们是那种永生的蘑菇，远离死亡，与羽蛇神融为一体。为了响应她的诗歌，我重新拿起日记本，继续书写我的琐碎回忆。我的文字变得日益优美，仿佛受了安吉的感染。我们就这样在语言的梦乡里相依为命。

老豹子曾经说过，会有一群才华出众的年轻人来跟我们做伴，但我跟安吉等了很久，也没能见到他们的踪影。两年后，安吉怀孕了，她一边微笑，一边吐得死去活来。我忙着采集草药为她止呕安胎。在一个旱季到达的日子，我看见一支强悍的西班牙骑兵，从营地脚下穿过森林，向提佐克方向行进。又过了一个月，一支数千人的军队，混合着马队和步兵，用骡子拉着大炮，携带

① 本诗改写自歌德《紫罗兰》，但据托马斯·曼宣称，歌德的灵感，源于一份西班牙文的中美洲文献。

我们看不见的天花、麻疹和腮腺炎病毒武器，再度经过我们脚下。他们吹响的号角声惊飞了群鸟。我和安吉都明白，提佐克的寿限已经到来，羽蛇神终究要放弃他的孩子。老豹子所珍爱的城市，将跟他一起，在蛮族的攻击下灰飞烟灭。

我在悲观地想象故乡的命运，心中充溢着五味杂陈的忧伤。无论如何，那是我们童年的全部记忆。但我们将在森林里长存，生儿育女，繁衍出新的种族。我和安吉都知道，我们是羽蛇神的人间血族，我们是羽蛇神的化身——伏羲和女娲兄妹的后代，我们的祖先是秦人，我们来自大洋西岸，我们历经浩劫，永不失败和灭绝。也许有一天，我们还能穿越雨林，在诗歌和黑曜石宝刀的引领下，走向广阔无垠的新大陆。

尾声

1985年9月18日黄昏

墨西哥城，国家图书馆

就在市中心某处，一位身穿浅绿色T恤的美国女游客提前下了出租车，打着雨伞，沿萨尔瓦多共和国大街，经过一家宠物店和一家墨西哥玉米卷店，推开门牌标记为76号的古建筑大门。天气湿热，街上行人如织，没人留意这位匆匆过客的存在。

经过精心修缮的圣奥古斯汀教堂，拥有三个中殿和八个小堂。它的主立面属于多立克柱式的罗马建筑风格，但主体浮雕却散发出文艺复兴时代的气息。1677年，西班牙主教里维拉在这里放置了第一块“奠基石”。十五年后，教堂得以竣工，成为奥古斯汀教派在墨西哥城的重要据点。但到了1884年，这里却被改造成国家图书馆，存放墨西哥最有价值的历史文献。

在门内大厅，馆长皮奥依已经恭候多时。他是个善于言谈的老头，脖子上布满横向的皱纹，又深又密，好像藏着许多不可告人的秘密。他佩戴馆长的胸牌，以彬彬有礼的微笑拥抱访客。

“我叫安吉·特诺奇，是特诺奇家族的代表。”来客看了一眼对方的胸牌，言简意赅地自我介绍说。

对特诺奇家族后人的拜访，皮奥依表现出异乎寻常的热情，言辞也变得流利起来：“鄙人对贵家族仰慕已久，您的来访让我受宠若惊。您看起来如此与众不同，让这座沉闷的房子变得生动起来。”

是的，那个神秘的家族鲜为人知，而他恰好就是少数几个知情人之一。四十年前，他的导师曾向他提及这个家族，它在历史上转瞬即逝，却跟一个重大的历史谜团密切相关。现在，他意外地面对家族的传人，这使他起了一种怪异的感觉，仿佛正在被推入某条秘密的时空隧道。

他引领这个叫作安吉的女人，从阅读大厅这头走向另一头，穿过那些读者和高大的圣徒雕像，再经过螺旋下行的楼梯和幽深的长廊，走进了那座有名的地下库房。

皮奥依声称，除了诸多雕像和油画，这里还收藏了墨西哥历史的诸多秘密，而且其中包括天主教士们的各种隐私。在秘密的地下墓葬室里，甚至还埋藏着一些不可示人的骸骨。但他没有用那些亡灵来吓唬安吉，而是让她参观了1498年版的但丁《神曲》，后者就躺在玻璃柜里，被幽暗的灯光照亮，如同一具木乃伊。他还让安吉看了一组被命名为“图标库”的历史文件，属于不同家族或教堂的捐献物，几乎都有数百年历史，被放置在一些密封的木盒里，透过厚厚的玻璃，可以窥见它们发黄而脆弱的容貌。

在皮奥依的办公室，安吉从旅行背囊里取出一只沉重的扁平木匣，上面镶嵌象牙和银丝，看起来很像是西班牙皇室的用具，却有着阿兹特克风格的纹饰。皮奥依眼睛一亮，知道自己正在面对一个重要的时刻。他的呼吸变得急促起来，好像猎手看见梦寐以求的猎物。

安吉说：“我们家族保存这份文献，大约有两百年的历史。我们一直偷偷藏着，从未向外人展示。但就在三个月前，祖父在一百零二岁的高龄上去世，而他留下的唯一遗嘱，就是要把这份文献送回它的故地。为了执行这份几年前就被律师公证过的遗嘱，我仔细研究了墨西哥的所有学术机构，最后选定了这家图书馆。是的，我来自旧金山，我带着家族的核心机密来见你，希望你能笑纳。”

女人看起来四十多岁，长得很像近年来走红的电视新闻主播，眼神有些迷离，衣着随便，甚至带着残留的雨滴，身上却散出悠淡的香草味，仿佛来自某座秘密的花园。她说：“这是我的先祖波波卡·特诺奇的回忆笔记，用西班牙语写成。也许它在年代上不如您的《神曲》久远，但它隐藏了一个无人知晓的秘密。这秘密也许会改写墨西哥、美洲乃至整个人类的历史。现在，我把它正式交到你的手上，我的唯一要求是，您必须尽快召开新闻发布会，把这次捐赠变成众所周知的公共事件。”她的西班牙语很流利，却带着浓重的美国口音。

馆长打量着面前的陌生女人，几乎不敢相信自己的耳朵。他为女人冲了一杯上好的多米尼加咖啡，让香气温存地裹住对方，然后为她办理文献捐赠的手续，在证书上填写文献及其捐献者的名称，再盖上钢印，把它交给对方。安吉看都没看，随手把证书塞进背囊，随即起身告辞，仿佛要急于切断这场会面。

“假如，假如我有什么问题，请问我可以去你的旅馆拜访吗？”馆长冲着她的背影叫道。

女人大步朝外走去，没有回答，只是掏出一张旅馆的名片，顺手把它交给了坐在柜台后的女职员。她悄然而至，又悄然离去，像一阵绿色的清风，迅速消失在大门玻璃外的雨幕之中。

皮奥依送走来客，有些惆怅地返回灯火明亮的办公室，它位于正殿的正下方，从前曾经是圣器室和主教祈祷室。桌上的咖啡完好无损，依旧冒着热气腾腾的香气。他拿过来自己喝上一口，想镇定一下情绪，然后用酒精药棉擦拭双手，等液体挥发干净之后，小心翼翼地打开木匣，取出手稿，戴上老花镜，开始仔细阅读起来。

我是波波卡·特诺奇，导灵师墨尔斯·特诺奇和助产师丹娜的儿子，羽蛇女神安吉·特诺奇的兄长，来自提佐克城——这个被羽蛇神眷顾的地方，在成年礼后的第三年，也就是大祭司统治被推翻的那年，我跟妹妹一起离开了故乡……

皮奥依感到毛骨悚然，起了一身的鸡皮疙瘩。天哪，羽蛇女神名叫安吉，跟刚才出现的女人同名。难道刚才来访的，竟是女神的幽灵？他茫然四顾，感到有些惊慌。此刻，馆员们都已陆续下班，整座建筑空寂无人，而他是其间唯一的活物。

几分钟过后，他逐渐镇定下来，决定继续阅读下去。回忆笔记用麻线装订，纸张已经发脆，但笔迹清晰，书法流畅，每个字母都栩栩如生，直书那些被岁月遮蔽的真相。这场狂热的阅读持续到了午夜。放置在墙角的意大利旧钟，是建堂主教里维拉的私人用品，它在这里陪伴历任主教，已经敲了近三百年之久，现在，它一如既往地敲击了十二下，给馆长大人十二个善意的休止劝告。

是呀，他早就该下班走人了，但此刻，他却被手稿中披露的秘密所惊骇，胸闷得几乎透不过气来。他勉强打开抽屉，找出一只药瓶，把白色药片塞进嘴里，这才逐渐缓解了心脏的痛楚。他按旅馆名片上的号码拨通电话，又向前台报出安吉·特诺奇的名字，电话很快被接进房间，话筒里传来女人温柔而悦耳的声音。

“哈啰，这么晚了，我想一定是皮奥依先生吧。”对于他的来电，对方似乎丝毫不感到意外。

皮奥依表达了自己对手稿内容的震惊、欢喜和困惑。此前，他很少像今天这样心情混乱，而且辞不达意。

女人在电话那头笑了：“好吧，皮奥依先生，明天一大早我就要飞回旧金山，为了解答你的问题，看来我只能再跑一趟了。三十分钟后，请你在图书馆门口等我。”

天哪，她很快就要到了！皮奥依挂断电话，使劲搓着双手，一时有些不知所措。但他很快就恢复了理性，开始启动意大利自动咖啡机，又找出一套道尔顿镶金瓷器，继而从小冰箱里取出下午刚买的芝加哥风味的奶酪蛋糕。在做完这一切之后，他走到靠近大门的柜台边，取出登记册，第二次填好来客的姓名和到访时间，然后打着伞站到门外，在雨中恭候女人的光临，心中满含着紧张的期待。

天气仍然闷热而潮湿，黑暗的天空中频繁闪耀着奇异的蓝光，把城里的古建筑照得雪亮。正是在如此短促而犀利的光线中，他再次见到了那个风姿绰约的美国女人。她走下一台类似出租车的时光机器，在细雨中朝他大步而来，被闪电勾勒出迷人的轮廓，步履有力而有弹性，就连短发都在随之跳跃。

由于双方同时放下了戒备，他们的第二次交谈变得融洽起来，仿佛是两个千年未遇的故人。皮奥依急不可待地问了一大堆问题，就像渴求知识的初中学生，而安吉默不作声地倾听，一边喝着咖啡，一边用银勺把蛋糕放进嘴里，抿着嘴细嚼慢咽。直到对方的问题全部倾泻而出，她才微微一笑："你的问题太多，我无法逐一问答，而且，有些连我自己都没有答案。"

她用舌头把粘在银勺上的蛋糕屑舔净，放在瓷盘上，用纸巾轻拭一下嘴角，望着墙角的大钟，开始讲述手稿以外的故事，语调平缓而压抑，如同在叙述一段与己无关的秘史。

自称安吉的女人告诉皮奥依，提佐克城毁于1796年7月。一个大祭司霍皮的助理祭司，假冒采集者逃出提佐克城，还不可思议地越过森林，向西班牙人告发了那座伟大的城市。随之而来的是一场惨烈的围城战争。一个名叫科尔多瓦的将军，率领两百名西班牙士兵和五千名墨西哥士兵，打了整整三年，才用大炮和炸药在"大桶”上轰出一个缺口，然后长枪和猎犬并举，杀掉了包括老豹子在内的全体居民。为了掩盖真相，科尔多瓦把大屠杀描述成一场耗日持久的丛林狩猎。几年之后，伟大的提佐克城废墟就被野树、杂草和藤蔓所彻底吞没。

就在西班牙人攻入提佐克的两个月后，波波卡和妻子安吉回到提佐克，试图从废墟里寻找老豹子的下落，但一无所获。所有居民的尸体都消失不见，好像凭空蒸发了似的。此外，看守永动机的洛伦佐家族也去向不明，就连最聪明的历史学家，都不知道他们的存在及其下落。

面对荒芜的废墟，波波卡和安吉抱头大哭了一场，痛悼祖国的灭亡。波波卡对妻子说，现在，轮到我们离开了。此前，安吉生了十二个孩子，其中有七个女孩，五个男孩。他们领着这些孩子沿秘道走出森林，在墨西哥人的居住地安营扎寨，很快就融入他们的族群，跟他们进行有限交往和通婚。到了波波卡和安吉八十岁生日时，四代人和一百二十八位子孙一起前来祝贺，这意味着他们已经是当地最大的家族。又过了一百二十年，家族成员增长到十二万人，支脉分布于包括非洲在内的世界各地，其中长子这个主干，集中在美国西海岸的旧金山、洛杉矶和西雅图一带。皮奥依暗想，再过五百年，这个家族的子孙也许会渗入地球的每一个角落。

跟祖先同名的女人告诉他，特诺奇家族是世上最大的家族之一，而成员间的纽带，完全依赖于一部源于羽蛇神的族谱，它以英语和西班牙语两种文字印刷，两年再版一次，被每个家庭树成员所保存。每年10月的第一个周日，他们还要召开家族大会。分散在世界各地的支系代表，届时都会前往旧金山参加聚会，商议家族的重大事务，包括商业投资和政治捐献，此外，还要修订族谱和联络手册，并在专题会议上宣读家族史的研究报告。没有任何一个家族像它那样分布广泛，而又彼此紧密连接。在这些方面，就连犹太人都望尘莫及。

女人解释了家族史研究的重大意义。由于波波卡笔记留下大量历史空白，需要用其他资料和推论加以填补。例如，关于提佐克城覆灭后波波卡和安吉的行踪，就只能依赖于这类研究。它虽然会出现破绽，却足以填补记忆的空白，并巩固家族成员的祖先信仰。

女人还说出了旧金山作为家族会议永久地址的原因。那里有一座秘密精神中心，看起来像是私人印第安文化博物馆，而其实却是祭拜羽蛇神的寺庙，收藏了蛋形红宝石、黑曜石宝刀，还有墨尔斯遗留的三种灵药。在所有圣物中，唯有《提佐克奥义书》被古怪地丢失，始终下落不明，于是，波波卡日记作为唯一保存的文献，成了特诺奇家族至高无上的圣经。

此时，女人脸上露出了无奈的神色。她说，随着家族成员的迅速增殖，各种派系也在滋生，权力斗争变得剧烈起来。波波卡笔记的所有权，成了多方争夺的焦点。阻止这场内战的唯一方式，就是把笔记捐献出去，让它的所有权充分公共化。家族首领墨尔斯八世迟疑了多年，终于在临终前下令，要她去完成这项艰难的使命。

“现在我可以告诉你，选择你作为受捐人，并不是我的一时冲动。我花了三年时间研究你，发现你具有一个图书馆长的全部美德，你单身，从未结婚，恪守职业道德，没有过于贪婪的生命欲望，却对历史文献有狂热的收藏癖，而且富于学术研究精神，这些都完全符合我的标准。”女人微笑着凝视他，就像在谈论一件稀世藏品。

皮奥依有些受宠若惊。他的手掌在膝盖上来回擦拭，像一个老小孩那样不知所措。

女人叹口气说：“作为波波卡笔记的守护者，你的唯一缺陷是太老了。你已经六十九岁，很快就要退休，而且你的身体正在出现各种问题。你的心脏动过手术，但没有什么好转；你的肝功能因脂肪肝而受损；你的胆囊正在慢性发炎；你的肾因年轻时的炎症而走向衰竭；你的肺部也因曾经的吸烟史而遭到毒害；你还要面对慢性支气管炎和咽喉炎的双重折磨。你的内脏几乎一无是处。三年后，你将死于一次突发性的心肌梗塞。”

皮奥依的嘴唇微微颤抖起来。他想为自己的身体进行辩解，却说不出一个字来。令他感到震惊的是，为什么女人会对他的身体状况如数家珍，就连他自己的家庭医生都无法做到这点。天哪，她甚至预言了自己的死期。

望着他的窘状，女人突然笑了起来："馆长大人不要生气，我既然选择了你，就一定有解决问题的方案。"她打开背囊，从里面取出一只浅蓝色的香水瓶子。在灯光的照耀下，液体在里面微微晃动，令皮奥依突然感到一阵无端的眩晕。

"这是先祖墨尔斯留下的驻颜灵药，但就连儿子波波卡都被误导了，因为它其实是一种永生之药。早在1950年代，墨尔斯八世就用它做过一次实验。他把药液滴在一小片面包上，然后用它喂了心爱的小猫。这只母猫直到今天还健康地活着，而且不断招蜂引蝶，拥有无数个男友，还生下数不清的儿女。"女人一边说着，一边举起玻璃小瓶，"不过，由于挥发的原因，药液现在只剩下一盎司左右。为了捍卫家族的未来，墨尔斯八世决定放弃自己的永生计划，他要我陪你一起服用，以确保波波卡笔记能够被人从外部长期守护。"

女人的讲述似乎已经到了尽头，她沉默下来，小心翼翼地在两个咖啡杯里注入墨尔斯药液，然后用银勺轻搅，自己先一饮而尽。皮奥依迟疑了一下，也依样画葫芦，用小勺搅拌一下，然后喝干了杯中的液体。咖啡流经他的喉咙，缓慢地进入胃囊，他感到整个人都在秘密地燃烧，如同一堆被点燃的苦艾草。

“从现在起，你就是我的人了。”女人再次意味深长地笑了。

屋角的大钟突然敲响了七下，但这次，它的音色竟变得有些喑哑，好像蒙了一层厚重的雾气。从紧贴地面的窗户外，射入了淡淡的曙光。

“哦，时间过得真快，现在已经是第二天早上了。”皮奥依心情复杂地说。除了某种怪异的燃烧感，他不知自己的身体会产生怎样的变化。他对此又爱又怕。

女人站起身来，仿佛看透了他忐忑的心思：“是的，时间已经到了，我该去机场了。但你不要担心，你很快就会变得强壮起来，卸掉一切肉身的病痛，就像我们家的那只大猫。”她眼望放在大办公桌上的木匣，然后再次追问，“那么，你会如何保存这件宝贝呢？”

这回轮到皮奥依笑了，他拿起木匣说：“请随我来。”

他领着女人去到隔壁屋子，那里有一扇银灰色的保险库门，上面带着一只汽车方向盘大小的转轮。他忽左忽右地旋动钢轮，输入密码，打开了沉重的库门。透过来自库内的灯光，女人可以看见那些散放在金属架上的纸卷、书籍和木匣，并闻到一种岁月久远的气息。

“这里藏着一些比《神曲》更加重要的文献，你的宝贝也会放到里面，而且只有我本人才知道密码，除非我在死之前说出来，否则没人能够染指。既然我从此很难死掉，那么你就不用担心它的安全。明天，我要把它拍成十六毫米的缩微胶片，并用这份拷贝，去跟墨西哥国立自治大学展开联合研究。嗯，你需要知道的是，这间小屋是用钢板打造的，有十二英寸厚，没有哪个毛贼能够把它打破，连大力神都不行。”皮奥依很自信地笑了起来。

受到慰藉的女人点点头，眼里掠过一丝欣悦。她正要迈步朝保险库大门走去，整座建筑突然剧烈摇晃起来，灯光在惊慌地闪烁，四周传来巨大而尖锐的轰鸣。女人刚说了声“不好”，还来不及做出进一步反应，镶木雕花屋顶就狂乱、沉重、势不可当地坍塌下来。

皮奥依大叫一声，张开双臂，像父亲那样用力抱住女人的身躯，跟她一起躲闪和倒下，消失于巨大的建筑碎片及其飞扬的尘土之中。

1985年9月19日上午7点18分，墨西哥城遭遇了史上最具破坏力的8.1级地震。城市建筑物突然开始剧烈摇晃，几分钟后，412座建筑物发生倒塌，另有3124座严重受损。地震造成1万人死亡，3万人受伤，30万人无家可归。国家图书馆提交的灾情报告称，其部分建筑在地震中倒塌，保险库里的文物基本完好，但馆长皮奥依和一名女访客下落不明。在此后的废墟清理过程中，没有发现他们的尸体……

2014年3月构思并启笔
2015年8月初稿于上海张江
2016年5月二稿于日本东京
2022年1月三稿于美国纽约

自 跋

这是我耗时最长的一部小说。从2014年3月构思和起笔，到2022年元旦结稿，历时8年之久，每一次拿起，都因不甚满意而放下，最终差一点儿忘了它的存在。直到这次在纽约避疫，经朋友提醒，才从数码硬盘里把它找回，发现它还有一些可取之处，于是又花了数月时间，对原稿加以推敲、修改和增补，总算完成了这桩延宕过久的工作。另一个戏剧性的因素在于，在北美东岸的居住，让我得以接近想象中的中美洲“提佐克”时空，并重建我跟众多小说人物的灵魂关联。这种地缘性“采气”，给小说带来了重新生长的契机。

本书的“核心人物”——羽蛇神，起源于殷商时代，旧称“应龙”，也即一种长有鹰鸷式巨翅的神龙，曾在炎黄大战传说中扮演重要角色。另一个值得一提的“幕后人物”是攸侯喜，该名字最早出自殷商卜辞（见于郭沫若《甲骨文合集》和《卜辞通纂》等），显然是历史中的真实人物。19世纪以来，英美学者先后提出，距今三千年以前，东部攸国的国王喜因勤王未果，率领二十五万遗民出海逃亡，他的目标最初也许是东瀛，也就是今天的日本，却因受到太平洋风暴影响而偏离航线，稀里糊涂地到了美洲，结果以羽蛇神崇拜为精神轴心，创建了奥尔梅克文明。尽管在国际主流学界中，此说始终是微弱的声响，但它还是成了我从事虚构性写作的灵感来源。

我试图放弃坚硬的中国人的叙事主体，以一种更高远的视角，去观察和书写印第安人生活，赋予它全新的时空架构。死亡与重生，是这部小说的唯一主题。在某种意义上，它不仅是一部民族寓言，更是关于时间的寓言。无论提佐克人是否属于殷人后裔，它都将承担起历史的重负，并注定要被未来的岁月清洗，成为泥版、莎草纸、简牍、棉纸和数码记忆体上的陈旧符号。

2013年，我完成了长达六十二万字的《华夏上古神系》，在经过漫长的考据之后，开始对那种学究式的思维，感到了深深的厌倦。我试图借助小说写作来释放灵魂。这部小说可以算是一次未曾预谋的自我反叛，从此我踏上了背离“学术”的危险道路。我在文学创作的钢丝上行走，摇摇欲坠。此后，我又写了《长生弈》《古事记》《青丘纪事》《塔玛拉之月》和《少年饕餮（续集）》。所有这些书写都源于本书，它是我神话小说叙事的开端，是故事沙漏中流出的第一粒沙子。然后，在一个喧嚣的时代，它是如此无足轻重，甚至比沙子本身更轻。

就在八年后的此刻，我在键盘上为它敲上了最后一个句号，终结了这场有史以来最“冗长”的单个文本写作。在寓所外面，病毒的暴风雪正在肆虐，据昨晚传来的消息称，全美单日感染者达到一百一十七万人，突破了世界疾病史的最高纪录。病毒就这样嚣张地征服了人类。诚如某位捷克作家所言，无论我们多么努力，人类所面对的，只能是那种“生命中无法承受之轻”而已。

我必须承认，我被这种恐怖的景象彻底吓到了。面对着这场遍及全球的纳米级微生物的浩劫，还有因政治动乱和气候变暖而引发的诸多灾变，许多人陷入了严重的精神失调。忧郁症正在跟瘟疫并肩作战，击溃人类的信念防线。也许我们的唯一出路，就是笨拙地运用书写魔法，召回被反复丢弃的语言乌托邦。我要在此郑重其事地告诉读者，本书不是一个文字玩笑，而是策划了八年的灵魂逃生计划。无论它多么幼稚可笑，跟“元宇宙”的虚拟幻境相去甚远，仍然是我珍爱的方舟、桃花源和梦中天堂。

窗外，世界正在下它的最后一场大雪。

2022 年 1 月 8 日记于纽约长岛